후아유

조진행 판타지 장편소설
FANTASY STORY & ADVENTURE

dream
books
드림북스

후아유 10 (2부) 징조(Omen)

초판 1쇄 인쇄 / 2013년 12월 5일
초판 1쇄 발행 / 2013년 12월 10일

지은이 / 조진행

발행인 / 오영배
책임편집 / 편집부
펴낸 곳 / (주)삼양출판사 · 드림북스

주소 / 서울특별시 강북구 솔샘로67길 92
대표 전화 / 02-980-2112 팩스 / 02-983-0660
편집부 전화 / 02-980-2116 팩스 / 02-983-8201
블로그 / blog.naver.com/dreambookss

등록번호 / 제9-00046호
등록일자 / 1999년 3월 11일

ⓒ 조진행, 2013

값 9,000원

ISBN 978-89-542-5090-0 (04810) / 978-89-542-4103-8 (세트)

* 지은이와 협의하에 인지는 생략합니다.
* 잘못된 책은 구입한 곳에서 바꾸어 드립니다.

이 도서의 국립중앙도서관 출판시도서목록(CIP)은 서지정보유통지원시스템 홈페이지(http://seoji.nl.go.kr)와
국가자료공동목록시스템(http://www.nl.go.kr/kolisnet)에서 이용하실 수 있습니다.
(CIP제어번호: 2013025941)

후 아 유

10

조진행 판타지 장편

징조(Omen)

FANTASY STORY ADVENTURE

★
dream
books
드림북스

후아유 ❿ 징조(Omen)

Contents

제1화 진화의 혁명   007

제2화 마신의 저주   037

제3화 엘의 가호(加護)   067

제4화 인생의 겨울   097

제5화 집으로   127

제6화 독과 꿀   155

제7화 남자 최백호   187

제8화 남자가 죽을 자리   215

제9화 우선순위   245

제10화 성전(聖戰)의 시작   277

진화의 혁명

박민중은 미친 듯이 달아나 마을 외곽의 폐가(廢家)에 숨어들었다. 전쟁이 일어나기 오래전부터 버려졌던 집은 구석구석 썩어 곰팡이 냄새가 났다.

박민중은 어두컴컴한 곳을 찾아 쪼그려 앉았다.

어둠 속에서 곰팡이 냄새를 맡고서야 안도의 숨이 흘러나왔다.

"하아! 뭐하는 놈이지?"

눈이 마주치자마자 다짜고짜 총을 꺼내 쏘다니? 만약 자신이 순혈의 신인류가 아니었다면 죽었을지도 모른다. 그렇게 생각하자 분노와 함께 가슴이 두근거렸다. '진짜 죽을 수도 있었다'고 생각하니 살아 있다는 느낌이 더 강해진다.

처음 피를 마시던 그 날의 느낌이 되살아났다.

그리고 칼에 베인 것 같은 아픔과 함께 그 이전의 날들도 하나둘 떠올랐다.

먹을 것을 구하기 위해 이리저리 쑤시고 다니던 중에 영화 속에서나 보던 금발의 미국인을 만났다. 처음 눈이 마주쳤을 때 그가 보통 사람이 아니라는 걸 알 수 있었다. 썩은 생선 눈을 한 다른 사람들과 달리 그의 눈에서는 생기가 흘러넘쳤다.

시골 사람 대부분이 그렇듯 난생처음 대면하는 미국인이었다.

그래도 술집 삐끼 생활로 단련되었던 터라 쪽팔림은 덜했다.

그는 몇 번이고 계속해서 '서울이 어느 쪽이냐?'고 했다.

아는 단어가 50개도 채 안 됐지만 ―텔레비전, 라디오, 버스, 택시 등을 포함해서다― 몸짓 발짓까지 섞어 가며 원하는 걸 알려 줬다.

그러자 그는 고맙다며 뭔가를 내밀었다.

인생의 전환점이 되어준 전단지다.

박민중이 안주머니에서 곱게 접은 종이를 꺼냈다.

6개월쯤 전 미국인 알렉스에게 받은 "국제불멸협회 아시아 축제"의 초대장이다.

그날 경기도 일대에서 천 명이 넘는 사람이 모였다.

그중 피의 의식을 받아들여 국제불멸협회의 일원이 된 사람은 삼백 명. 나머지 칠백 명은 거룩한 칸 락을 거부했다. 그들은 단지 먹거리를 구하기 위해 모인 사람들이었다.

삼백 명은 다시 진혈(true blood)과 순혈(pure blood) 그리고 신인류로 나뉘었다.

그날 진혈의 축복은 한 명, 순혈의 축복은 삼십 명이 받았다. 나머지 269명은 신인류가 되는 것으로 끝났다.

축복은 곧 신인류의 계급이기도 했다.

최고 계급인 진혈은 순혈인 자신이 봐도 괜히 오금이 저릴 정도로 무서웠다. 신기한 건 같은 피를 마셨는데 누군 진혈이 되고, 누군 순혈이 됐다는 거다.

물론 대부분의 참가자들은 신인류로 진화하는 선에서 끝이 났지만.

어쨌거나 상위 10%라는 순혈이 된 이후로 두려움이나 생명의 위험 따위를 느낀 적이 없다.

"씨발……."

저도 모르게 욕이 흘러나왔다.

마을에 남아 있는 신인류는 다섯이 전부다. 본래 살던 거주민들은 한 달쯤 전에 마을을 떠났다. 누군가의 부주의한 처신으로 흡혈귀 소문이 돈 탓이다. 지금은 힘들게 포획한 아홉 명의 사람을 다섯이 공들여 키우고 있는 형편이다.

지금처럼 어쩌다 찾아오는 외부인은 그의 상태에 따라 일회용 식사거리나 장기간 사육의 대상으로 구별했다.

그런데 그런 외부인들에 의해 목숨이 위협받다니?

하등한 인간 따위에게!

생각할수록 열이 받는다.

씩씩거리던 박민중은 초대장을 접어서 다시 품 안에 넣었다.

영원한 삶의 시작을 기념하기 위해서다.

"이것들이 나를 뭐로 보고……."

자신은 자그마치 백 명 중에 하나 꼴인 순혈의 신인류다.

쪼그리고 있던 자리에서 벌떡 일어선 박민중은 밖으로 뚜벅뚜벅 걸어 나갔다.

                          *   *   *

상유신은 수색에 나선 시 10분도 안 돼 김대식과 황수정을 찾았다.

아니, 찾았다기보다는 만났다.

골목길에서 만난 두 사람은 지금까지 마을에서 무슨 일이 있었는지 모르는 눈치였다.

"저어, 죄송합니다. 산책을 하러 잠깐 나왔는데……. 암튼 심려를 끼쳐 죄송하게 됐습니다. 다시는 이런 일 없도록 주의하겠습니다."

40대 후반의 김대식이 허리까지 숙이자 강유진은 오히려 미안했다.

"아닙니다. 아무 일도 없었다니 다행입니다. 두 분에게 안 좋은 일이 생겼을까 봐 찾으러 다녔던 겁니다. 그러니 너무 미안해하지 않으셔도 됩니다."

강유진의 말을 들은 뒤에야 김대식과 황수정은 안도의 한숨을 내쉬었다.

두 사람의 표정을 살피던 강유진이 다시 물었다.

"그런데 산책하시면서 별다른 일은 없으셨습니까? 낯선 사람을 만났다던지…… 이상한 소리를 들었다던지 하는 것 말입니다."

"전혀요. 아무런 소리도 듣지 못했습니다. 수정 씨는? 뭐 이상한 거 봤어?"

"저도 못 봤는데요?"

두 남녀는 정말로 아무것도 모르는 얼굴이었다.

강유진은 그게 더 이상했다.

최명석이 요란하게 총질을 해 댔는데 아무 소리도 듣지 못했다?

"혹시 총소리 같은 것도 듣지 못하셨습니까?"

그러자 김대식이 놀란 눈으로 되물었다.

"총소리요? 누가 총을 쐈습니까? 이상하다. 진짜 못 들었는데, 수정 씨, 총소리 들었어요?"

"저도 듣지 못했어요."

"혹시 두 분, 산책을 한 게 아니라…… 집 안에 계시다가 나왔나요?"

강유진의 질문에 김대식이 헛기침을 하며 답했다.

"험, 험, 조금 피곤해서 빈집에 들어가 잠시 쉬다 나온 참이긴 합니다."

"아, 그러셨군요. 집 안에 계셨다면……."

강유진이 고개를 끄덕였다.

집의 상태에 따라 소음이 차단되는 정도가 다를 것이다. 게다가 열렬히 사랑을 나누고 있었다면 더 모를 수도 있다.

"수상한 사람이 돌아다니고 있으니 일단 마을 회관까지 함께 가도록 하겠습니다."

말과 함께 강유진이 앞장섰다.

김대식과 황수정이 종종 걸음으로 그 뒤를 따랐다.

한동안 조용히 걷던 김대식이 뒤늦게 물었다.

"저어, 선생님, 수상한 사람이 무슨 짓을 저질렀나요?"

"아직 정확히 무슨 일이 생겼는지는 모르겠습니다. 다만 누군가 피를 많이 흘린 것 같아서…… 조사하던 참입니다."

"피요? 총에 맞은 건가요?"

"아닙니다. 그것과 무관하게…… 핏자국이 발견된 장소가 있어서 조사 중입니다."

"아 그렇군요. 그런 일이 있는 줄 알았다면 나돌아 다니지 않았을 텐데……. 아무튼 감사합니다."

"네, 이 마을에 머무르는 동안 주의를 하셔야 할 것 같습니다."

"그렇게 하겠습니다."

대답과 함께 김대식이 황수정의 손을 슬쩍 잡았다가 뗐다.

그는 남들 앞에서 보란 듯 애정을 표시할 정도로 얼굴이 두껍지 않았다.

두 남녀를 마을 회관에 데려다 준 강유진은 다시 마을을 둘러보기 시작했다.

숨 가쁘게 뛰어다니던 강유진은 누군가의 부름에 우뚝 멈춰 섰다.

"어이, 인간."

강유진이 고개를 돌렸다.

만월의 달빛을 받으며 한 남자가 대문 지붕 위에 서 있다.

제법 높은 위치에 호기롭게 서 있는 남자를 보고 있자니 기묘한 기분이 든다.

십 대들 만화 속에 등장하는 주인공 같지 않은가!

그나저나 인간이라니?

어색하면서도 마음 한구석으로 기쁨을 느꼈다. 순수한 인간 대접을 받은 게 얼마 만인지도 모르겠다.

"이 오밤중에 뭘 믿고 혼자 쏘다니고 있는 거지?"

남자의 물음에 강유진은 피식 웃었다.

'눈앞에 있는 저 남자가 열심히 찾아다니던 괴인인지도 모른다'고 생각하니 고맙기까지 하다.

"당신은 이 이상한 마을의 거주민입니까?"

"이상해? 뭐가 이상한데?"

"마을은 정리가 되어 있는데 사람들은 안 보이니 이상하지요."

"오! 그런가? 제법 눈치가 있는 놈이네. 너는 이 동네 소문을 듣지 못했냐?"

"무슨 소문?"

놈이라는 말에 강유진의 말도 짧아졌다.

대답을 기다리며 강유진은 가볍게 목 운동을 했다. 올려다보며 대화를 하자니 목이 뻐근했던 것이다.

사내는 마치 도둑고양이처럼 경계심을 풀지 않고 대문 지붕 위에서 대답했다.

"이 동네에 흡혈귀가 출몰한다는 소문이 있었는데……."

"헐! 흡혈귀?"

"몰랐나?"

"전혀."

"아하, 그렇다면 너와 마을 회관에 있는 사람들은 모두 외지인들이겠군?"

"이 마을을 지나던 중이니까."

남자가 야릇한 시선으로 강유진을 바라보았다.

"이 마을의 소문을 듣지 못했다면 꽤나 멀리서 왔나 봐?"

"서울에서 왔으니 그렇게 먼 곳도 아니지."

강유진은 거침없이 대화를 나누면서 한편으로 사내를 분석했다. 나이는 넉넉잡아도 삼십 대 초반. 얼굴은 범죄형과는 거리가 먼 제법 반듯한 인상이다.

한 가지 이상한 점은 예의 바르게 생긴 얼굴과 달리 초반부터 반말을 찍찍 해 대고 있다는 점이다. 물론 예의와 범절이 사라진 시대이니 그럴 수도 있기는 하다.

이 강추위 속에서 옷차림이 가볍다?

그 부분에 이르러 강유진은 고개를 갸웃거렸다. 영하 40도를 웃도는 날씨에 저런 옷차림은 —남자는 점퍼 하나만 걸치고 있었다— 확실히 범상치가 않다.

지신이 관찰당하고 있다는 것을 알아챈 남자가 히죽 웃어 보였다.

사내의 송곳니가 달빛을 받아 하얗게 빛났다.

"무기도 없이 돌아다니다니 대범해. 도시락으로 쓰기가 아까울 정도야. 하지만 그게 너의 운명이라면 어쩌겠어? 아까워도 받아들여야지?"

사내의 혼잣말에 강유진이 머리를 설레설레 흔들었다.

"어이, 아저씨, 다 좋은데 한국말로 하지? 알아들을 수가 없잖아?"

"아저씨? 흐흐흐. 푸하하핫!"

남자는 모처럼 기분 좋게 웃을 수 있었다.

마치 길거리에서 똘망똘망한 유기견을 만난 것 같았다. 과거 애견인(愛犬人)이기도 했던 남자에게 저 발아래의 상대는 키워 보고 싶은 가축, 그 이상도 이하도 아니었다.

신인류가 처음 자신을 볼 때 이런 기분이었을까?

남자, 양동원은 대문 지붕 위에서 잠시 회상에 잠겼다.

세계불멸협회의 행사에 처음 참석하던 날의 기억이 스치듯 지나갔다.

지독하리만치 몽환적인 부드러운 음악 속에 피의 제전(祭典)이 열렸다.

그 유명한 횡성 한우(韓牛)의 마지막 발버둥이 발바닥에 다시 전해져 오는 것 같다.

희열에 찬 사람들의 외침이 생생하게 들려 왔다.

"오오! 불멸의 신비를 밝혀주신 칸 락(Holy Kan Rak) 님께
감사와 영광을 돌립니다!"
"거룩하신 칸 락 님, 감사합니다!"

갑자기 남자가 생각에 잠기자 강유진이 소리쳤다.
"어이! 아저씨! 하던 말은 마저 해야지."
그 소리에 정신을 차린 양동원이 시원하게 웃었다.
"하하! 알고 싶은 게 뭔데?"
"흡혈귀 어쩌고 한 게 무슨 소리지?"
"그게 왜 궁금해?"
"아까 어떤 집 창가에서 핏자국을 봤거든. 관계가 있나 싶어서."
"창가라고?"
양동원이 고개를 갸웃거렸다. 창가에 흔적을 남기고 다닐 멍청이
가 있나 싶어서다.
"마을 회관 근처의 집 창가에 핏자국이 제법 많이 있더라고. 혹시
라도 흡혈귀 따위를 흉내 내는 인간이 있나 싶어서 말이야."
"흡혈귀 따위라……."

굳은 얼굴로 중얼거리던 양동원이 물었다.

"그전에 한 가지 묻지. 너는 진화론을 믿나? 창조론을 믿나?"

강유진이 황당하다는 표정으로 남자를 바라보았다. 흡혈귀에서 뜬금없이 진화론과 창조론의 이야기가 왜 튀어 나온단 말인가!

"갑작스러운 질문이지만 나는 둘 다 믿는다."

"둘 다라니, 보기와 달리 우유부단한 인간이군."

양동원의 비꼬는 말에 강유진이 담담한 어조로 말했다.

"너도 내 입장이 되면 그렇게밖에 말할 수 없을 거야. 그런데 계속 그 위에서 이야기할 셈이야? 웬만하면 내려오지? 올려다보면서 이야기하려니 목만 아프잖아."

"푸하핫! 내가 내려가면 너는 내려오라고 말한 걸 후회할 거야."

"그래? 내려오고 싶지 않으면 거기 그냥 있어도 상관없어. 지금처럼 내 질문에 대답만 잘해 준다면 굳이 얼굴을 마주하지 않아도 되니까."

"하하! 그 정도 패기는 있어야 내 애완인(愛玩人)의 자격이 있지."

말과 함께 양동원이 훌쩍 몸을 날렸다.

곧이어 양동원의 몸이 깃털처럼 가볍게 강유진의 앞에 떨어져 내렸다. 그 동작이 마치 표범이 나무 위에서 뛰어내리는 것처럼 부드러웠다.

"아……."

강유진은 놀란 눈으로 상대를 바라보았다.

보통 사람들과는 비교도 되지 않을 정도로 뛰어난 움직임이다. 영화 속에서 종종 등장하던 와이어 액션을 보고 있는 느낌이다.

"뭘 이 정도에 놀라나!"

어깨를 으쓱해 보이던 양동원이 다시 허공으로 몸을 날렸다.

양동원의 몸이 "휙" 하고 대문 지붕 위로 날아갔다.

양동원은 보란 듯이 대문 지붕에서 주택의 지붕 위로 뛰어올랐다가, 다시 강유진의 앞에 표표히 떨어져 내렸다.

그리고 마치 체조 선수들처럼 두 팔을 어깨 높이까지 올리며 착지했다.

"어때? 나에 비하면 양학선은 초딩 수준이지?"

"……"

강유진은 일순 할 말을 잃었다.

남자는 느닷없이 올림픽 체조 선수 양학선과 자신을 비교했다. 이 사람의 말은 어디까지가 농담이고, 어디까지가 진담인지 알 수가 없다.

"좋은 몸놀림이야. 그것도 창조론, 진화론과 관계가 있는 건가?"

"물론 관계가 있지. 창조론은 기독교의 거짓말이야. 개나 줘 버려! 인간은 진화의 산물이야. 그리고 인간 진화의 끝은 신인류지."

남자가 오만하게 턱을 치켜세웠다.

"신인류?"

"그래, 신인류는 인간과 비슷해 보이지만 완전히 달라. 육체적인 능력도 뛰어나고 물과 밥 대신에 피를 먹지. 주로 소나 돼지나 닭과 같은 가축의……."

듣고 있던 강유진이 말을 끊었다.

"이 시대에 가축들 먹일 사료가 어디 있다고? 사람 먹을 농작물도 구하기 어려운데……."

"걱정하지 마. 그래서 사람도 키우니까."

"……."

강유진이 멍한 얼굴로 남자를 바라보았다.

"놀란 얼굴이네. 처음에는 다들 그러더라고. 하지만 너도 곧 적응이 될 거야."

"아, 미안, 조금 뜻밖이라. 진화라고 하니까 하는 말인데, 그건 오랜 시간에 걸쳐 되는 게 아닌가? 그런데 전쟁 전에 나는 '인간이 흡혈귀로 진화한다'는 말을 들어본 적도 없다고."

"전쟁 전에는 없던 말이지. 신인류는 진화의 혁명이야."

"혁명?"

"칸 락 님의 위대함이 거기에 있지. 피 속에서 물질과 정신이 융합되어 진화의 혁명을 이루는 거야. 진화는 물질 따로 정신 따로 진행되는 게 아니거든. 과거에 안철수가 입에 달고 다니던 융합(融合)을 생각하면 돼. 그래, 융합이야. 물질과 정신의."

"칸 락이라고?"

"쯧쯧! 처음 들어 보는 이름이야? 그렇게 세상 돌아가는 일에 어두워서야. 잘 들어. 칸 락 님은 세계불멸협회의 창시자야. 피 속에서 물질과 정신이 융합하여 혁명적인 진화를 이룩한다는 비밀을 깨달으신 분이시지."

"복잡하군. 그러니까 피 속에서, 물질과 정신이 융합하면서 진화의 혁명이 일어난다 이거지? 그걸 알아낸 게 칸 락이고?"

"딩동댕~"

"믿을 수가 없군. 선짓국을 먹은 한국인이 한둘이 아닌데, 그들은 왜 진화하지 못한 거지?"

양동원이 화가 난 얼굴로 소리쳤다.

"이런 제길! 어떻게 선짓국을 먹는 것과 '피의 제전(祭典)'을 같은 것으로 생각할 수가 있지? 모든 건 칸 락 님께서 먼저 깨닫고 전파하셨기 때문에 가능한 기적이라고! 거지도 하루 종일 양반 다리를 하고 앉아 구걸을 하잖아. 그런다고 거지가 깊은 깨달음을 얻나? 같은 자세라도 선방(禪房)에서 중들이 하는 양반 다리와 거지가 하는 양반 다리의 결과는 다르다고! 게다가 신인류는 혈관 속을 흐르는 생피를 마셔! 파와 갖은 양념을 넣고 팔팔 끓인 선짓국 따위가 아니라!"

"아! 미안, 생피! 하지만 옛날부터 사슴의 녹혈과 닭의 생피, 소의 생피를 마신 사람도 많았잖아."

"그 인간들은 융합에 대한 믿음이 없었다고! 중요한 건 믿음이야! 믿음의 크기대로 신인류는 진혈의 축복과 순혈의 축복까지도 받을 수 있는 거고."

"진혈의 축복과 순혈의 축복은 또 뭔데?"

"아까 날아다니는 나를 봤지?"

"잘 봤지."

"그런 대단한 나조차도 그저 신인류일 뿐이야. 순혈의 축복을 받은 분들은 나보다 백배는 더 뛰어나고, 진혈의 축복은 상상도 할 수 없을 만큼 높고 위대하지."

강유진이 알아들었다는 듯 고개를 끄덕였다.

"OK. 이제 정리해 보자. 그러니까 신인류는 흡혈귀들인데, 그 안에서 또 진혈과 순혈로 서열이 나뉜다 이거지?"

"듣자니 왠지 불쾌하네? 자꾸 흡혈귀, 흡혈귀 하지 마라. 듣는 신인류님 기분 나쁘시다. 신인류는 흡혈귀가 아니야. 우리 같은 신인류를 중세 유럽의 흡혈귀와 같은 것으로 생각하지 마!"

"그럼 흡혈귀를 뭐라고 불러야 하는데?"

계속된 강유진의 흡혈귀 발언에 양동원은 발끈하고 화를 냈다.

"너! 이 새끼! 하룻강아지 호랑이 무서운 줄 모른다더니……. 너는 나의 애완인이 될 자격도 없다."

"헐! 이봐, 나는 흡혈귀의 애완인이 되겠다고 한 적도 없어."

"이노무 새끼……. 귀여워서 재롱을 받아 주니 주제를 모르고 기어오르는구나!"

치밀어 오르는 분노 때문인지 양동원의 검은 눈동자가 붉은색으로 물들어 갔다.

곧이어 두 개의 붉은 눈동자가 불을 뿜어냈다.

강유진이 놀랍다는 듯 탄성을 내질렀다.

"와우! 흡혈귀의 안구는 야광(夜光)이구나!"

"죽어라!"

양동원이 한 걸음 성큼 내디디며 전광석화(電光石火) 같은 속도로 손을 뻗었다. 일단 상대의 목을 움켜잡으려는 것이다. 지금까지 제가 만난 모든 인간은 핏빛으로 변한 자신의 눈 앞에서 움직이지 못했으니, 제압하는 것은 어려운 일도 아니다.

탁.

그런데 상대가 손을 쳐냈다.

'뭐? 움직였어?'

보통의 인간은 눈빛만으로도 마비시킬 수 있다. 그런데 그게 실패한 것이다.

"이게 죽을라고!"

양동원은 손목을 틀어 상대의 손을 잡아 갔다.

상대도 기다렸다는 듯 다가왔다.

"어쭈?"

툭탁거리다 보니 상대의 왼쪽 손과 깍지를 끼고 있다.

비록 의도와 다른 모양새가 됐지만 양동원은 실망하지 않았다.

신인류는 이미 인간을 초월했다.

손아귀의 쥐는 힘만으로도 작은 돌덩어리를 부순다.

콰드득.

양동원은 손아귀에 힘을 실었다.

그런데 상대의 얼굴은 태연했다.

어떤 상황인지 미처 깨닫기도 전에 손바닥 전체로 미증유의 힘이
밀려왔다.

뿌드드드득.

뼈마디가 뒤틀어지는 고통과 함께 기이한 음향이 귓가에 울려 왔
다.

"크으윽!"

결국 양동원은 신음과 함께 손을 빼고 말았다.

그리고 서너 걸음 뒤로 물러났다.

강유진이 그런 남자를 보며 빙글빙글 웃었다.

"왜, 도망이라도 치게? 무슨 흡혈귀가 그렇게 소심해?"

"뭐? 이 개새끼가!"

울컥한 양동원이 상대에게 몸을 날렸다.

그리고 빛살 같은 속도로 주먹을 뻗어 상대를 가격했다.

하지만 손끝에 와 닿는 느낌이 없다.

오히려 뭔가 얼굴을 후려쳤다.

쩍!

권투 영화에서 어쩌다 나오는 크로스 카운터(Cross counter)다.

번쩍하고 눈앞에서 번개가 쳤다.

뒤이어 정신도 혼미할 정도의 충격이 밀려 왔다.

그래도 양동원은 정신을 잃는다거나 쓰러지지 않았다.

진화된 육체의 덕분이다.

순간 양동원은, 믿을 수 없게도, 상대의 힘이 자신보다 위라는 걸 느꼈다. 발달된 본능은 두 사람의 차이를 극명하게 알 수 있게 해 주었던 것이다.

'씨발! 젓 됐다!'

양동원은 비틀거리는 몸을 안정시키자마자 달아났다.

건물 지붕 위로 몸을 날린 뒤에, 뒤도 돌아보지 않고 미친 듯이 지붕을 밟고 달렸다.

지붕 위로 500여 미터를 이동한 뒤에야 양동원은 달리기를 멈췄다.

"헉! 헉!"

신인류가 된 뒤로 숨이 턱에 닿도록 달려보기는 처음이다.

힘이 풀린 양동원은 3층 창고의 슬레이트 옥상 위에 주저앉았다.

"하아! 씨발, 뭐하는 새끼야……. 혹시 그것도 신인류인가?"

신인류가 아닌 다음에야 그토록 강할 리가 없다.

하지만 이내 양동원은 고개를 저었다.

"아니야……."

신인류는 서로를 알아볼 수 있다. 신인류에게서는 끈적끈적한 피의 냄새가 난다. 오감(五感)이 극도로 발달된 신인류에게 그것은 숨길 수 없는 증표이기도 했다. 그러나 그에게서는 피 냄새가 나지 않았다.

"그럼 그건 뭐지?"

"내가 누군지 궁금해?"

"헉!"

갑자기 뒤에서 들려오는 소리에 양동원은 소스라치게 놀라 벌떡 일어섰다.

고작 한 걸음 뒤, 슬레이트 옥상을 두르고 있는 얇은 담장 위에 그 남자가 서 있었다.

"너, 너는 누구냐!"

남자의 물음에 강유진이 담담한 어조로 중얼거렸다.

"글쎄, 내가 누굴까?"

"……혹시 협회에서 나온 분이십니까?"

양동원은 한 가닥 기대를 걸고 물었다. 세계불멸협회의 관계자가 아니고서는 저런 능력을 보일 수가 없다고 생각한 것이다.

"흡혈귀 아니라니까."

"……."

아니란다.

양동원의 표정이 어둡게 가라앉았다.

상대가 협회와도 무관한 걸 알았으니 남은 건 목숨을 건 싸움뿐이다.

양동원은 가만히 호흡을 조절했다.

그리고 자신의 힘으로 상대를 죽일 수 있는 방법에 대해 생각했다.

'여긴 3층. 허리 높이의 담장 위에 서 있는 놈을 안고 함께 떨어진다.'

어쩐지 자신의 체력과 균형 감각이라면 떨어져도 죽지 않을 것 같았다. 상당히 위험하지만, 그것 외에 다른 방법은 떠오르지 않았다.

결심을 굳히자 양동원은 자리를 박차고 뛰어올랐다.

"죽어!"

"헛!"

양동원은 악착같이 손을 뻗어 피하려는 상대의 허리를 한 손으로 잡아챘다.

그 순간 무게중심을 잃은 상대의 상체가 뒤로 넘어갔다.

이제 곧 동반추락이다.

눈을 질끈 감은 양동원의 입에서 비명과 같은 기합이 터져 나왔다.

"으아아아!"

…….

그런데 이상했다.

무려 3층의 높이인데 떨어지는 느낌이 없다.

양동원은 슬그머니 눈을 떴다.

45도 각도로 비스듬히 누운 남자가 자신의 몸을 받쳐 주고 있었다. 문제는 남자의 등 뒤에 아무것도 보이지 않는다는 것이다.

놀랍게도 남자는 허공에 비스듬히 누워 있었다. 두 발을 옥상의 담장에 걸치고 상반신은 건물 밖으로 나간 채로 말이다.

시선이 마주치자 남자가 말했다.

"게이냐? 그만 떨어져라."

강유진은 자신에게 붙어 있는 남자의 손목을 움켜잡았다.

"끅!"

남자의 입에서 고통에 찬 신음이 흘러나왔다.

곧이어 강유진이 상체를 바로 세우고 느긋하게 담장 아래로 내려왔다.

드디어 남자와 마주하게 된 강유진은 손아귀에 은근히 힘을 가했다.

"으으……."

양동원은 이를 악물고 고통을 참았다.

신인류가 된 이후로 이런 아픔은 처음이다. 마치 프레스 기계에 손이 말려 들어간 것 같다. 신인류가 된 이후에 힘 싸움에서 밀린 적이 없지만, 이건 격이 달랐다.

"자기소개를 해 봐."

뜬금없는 상대의 말에 양동원은 마른침을 삼킨 후 빠르게 답했다.

"으으, 저는 양동원이라고 합니다. 나이는 스물여덟이고, 또…… 뭘 말해야 합니까?"

"옛날에 소개팅 안 해 봤냐? 내가 궁금해할 것들에 대해 알아서 털어놔 봐. 있잖아, 아까부터 네가 주저리주저리 말하던 것들."

"신인류를 말씀하는 건가요?"

양동원이 강유진의 눈치를 살폈다.

"자식, 내가 묻는 것만 말할 생각인가 본데……. 뭔가 미진하다 싶으면, 바로 흡혈귀 심장에 말뚝을 박아 넣고 갈 생각이야. 무슨 말인지 알겠냐?"

"헉! 살려 주십쇼."

"얘가 뭘 모르네. 널 죽이고 살리는 건 내가 아니라 네 입이야."

"예? 아! 예, 다 말씀드리겠습니다……."

상대의 기괴한 능력에 압도당한 양동원은 자신이 알고 있는 모든 것을 털어놓았다. 사실 세계불멸협회에 관한 것은 비밀도 아니었다.

양동원의 이야기가 끝나자 강유진은 인상을 찌푸렸다.

"그러니까 너는 6개월쯤 전에 세계불멸협회에 참석했고, 신인류가 되었다?"

"예."

"마을에서 총 다섯 명이 신인류가 되었는데, 그중에 순혈의 축복을 받은 놈은 하나 있고?"

"그렇습니다. 아마도 목격했다는 건…… 그분일 겁니다."

강유진은 흡혈귀들끼리 따로 서열을 정해 높여 주는 걸 보고 있자니 내심 불쾌했다. 당연히 그의 입에서 좋은 말은 나가지 않았다.

"왜 그놈일 거라고 생각하지?"

"총격을 피할 정도의 민첩함과 순발력은…… 순혈의 축복이 아니고서는 힘드니까요."

"아하! 너는 평민 흡혈귀라서 그런 건 불가능하다 이거지?"

"그, 그렇습니다."

"현재 마을에 남아 있는 사람은 그놈이 가둬 놓은…… 아홉 명이 전부냐?"

말하다 말고 강유진은 사육(飼育)이라는 단어가 떠올라 잠시 멈칫했다.

"예, 모두 떠나서……."

"그동안 죽은 사람은?"

"아직 없습니다."

강유진이 의심스러운 눈으로 양동원을 바라보았다.

이 큰 마을에 생존자가 고작 아홉인데, 아직 죽은 사람이 없다?

양동원이 억울하다는 얼굴로 답했다.

"정말입니다. 한국의 신인류는 교육을 잘 받아서…… 죽을 정도로 무식하게 한 사람의 피를 뽑지 않습니다. 그리고 '지혜의 전승'에 의하면 흡혈당한 인간의 사망 시점은 최초 피를 제공한 뒤로 일 년입니다. 이곳의 역사는 아직 6개월 정도밖에 안 되니까……."

"지혜의 전승은 뭐냐?"

"신인류에게 전해져 오는 특별한 지식을…… 우리끼리 그렇게 부릅니다."

"꼴값들 하고는…… 하여간 흡혈귀에게 물리면 일 년 뒤에 사망한다고?"

"예, 협회의 교사들이 그렇게 말했습니다. 미국에서 조사한 결과 그렇다고……. 미국에서는 그런 데이터가 없어서 어이없는 일도 많이 벌어졌다고 했습니다. 그걸 좀비 폭발(Zombie Explosion)이라고 하던가……. 하여튼 그렇게 알고 있습니다."

"좀비 폭발?"

"예, 신인류에게 피를 제공한 사람은 일 년 안에 좀비화가 진행되고…… 사망에 이르는데…… 초기에 그걸 모르고 이 사람 저 사람 찝쩍거렸다가 마을 단위로 좀비가 된 적이 있었답니다. 그걸 좀비 폭발이라고 했습니다. 그래서 아시아에서는 더 엄격하게 인류를 관리한다고……."

"인류를 관리해? 가축처럼?"

"……."

강유진의 음성이 날카로워지자 양동원은 슬그머니 눈을 내리깔았다.

그래도 따로 변명은 하지 않았다. 인간의 입장에서 듣기가 싫겠지만 그게 현실이다. 눈앞에 있는 괴물 같은 사람이야 인정하고 싶지 않겠지만 말이다.

"한국에 흡혈귀가 상륙한 게 반 년 전인 거냐?"

"일단 공식적으로는 그렇습니다."

"비공식적으로는 너도 모르는 거고?"

"예……."

한동안 생각에 잠겨 있던 강유진이 물었다.

"멀쩡한 사람들이 흡혈귀가 되고 싶어 하는 이유가 뭐라고 생각하냐?"

"예?"

"질문이 어려워? 그럼 바꿔서 묻지. 너는 왜 흡혈귀가 된 거냐?"

"저는 죽고 싶지 않아서……."

"죽을병이라도 걸렸었냐?"

"예, 악성 뇌종양으로…… 시한부 인생을 살고 있었습니다."

"……."

강유진이 씁쓸한 표정으로 양동원을 바라보았다.

잠시 멀뚱멀뚱 서 있던 양동원이 한마디 덧붙였다.

"아프지 않은 건 물론…… 늙지도 않습니다. 그래서 신인류가 된 사람도 많습니다."

"늙지 않아? 영화에서처럼 몇백 년 묵은 흡혈귀라도 있다는 말이냐?"

"그, 그런 건 아닙니다. 세계불멸협회라고 하니까…… 모두가 수명이 그럴 거라고……."

"세계불멸협회가 생긴 지 얼마나 됐는데?"

강유진은 기가 차다는 표정이다.

"2년이 못 되는 것으로 알고 있습니다."

"그럼 불멸인지 아닌지 아직 아무도 모르는 거네?"

강유진의 지적에 양동원은 살짝 당황했다. 병이 나은 것으로 영생(永生)도 당연하다고 믿었는데, 그렇지 않을 수도 있겠다는 생각이 들었던 것이다.

"그, 그렇습니다."

"웃긴 놈들이군. 그밖에 또?"

"……상상할 수 없을 만큼 강해집니다. 인간과는 비교할 수 없을 만큼……."

"그건 그렇군."

고개를 끄덕이던 강유진이 다시 물었다.

"좋은 점만 있냐? 불편하거나 안 좋은 건?"

곰곰 생각하던 양동원이 조심스럽게 입을 열었다.

"불편으로 말씀드리자면…… 일반적인 음식은 소화를 못 시킵니다. 피만……."

"피만 먹을 수 있다? 또?"

"예, 그리고…… 그 외에는 잘 모르겠습니다. 아! 성욕(性慾)이 사라집니다."

제2화

마신의 저주

그 부분에 이르러 양동원이 음성이 조금 높아졌다. 뒤늦게 여자 문제로 씩씩거리던 순혈의 박민중이 떠올랐던 것이다. 인간으로 있던 시절 박민중은 인근에서 알아주는 색골(色骨)이었다. 그러던 그가 신인류가 되어 최상의 신체를 가지게 되었다. 그의 바람대로 라면 주변의 여자는 모두 작살이 나야 한다. 그러나 박민중은 여자와의 모든 육체적인 관계를 끊었다. 생각이나 가치관이 바뀐 게 아니다. 몸이 말을 듣지 않았다. 언젠가 박민중이 자신의 중심부를 움켜쥐고 —물론 바지 위로다— 부르르 떨며 욕설을 퍼부은 적이 있다.

"씨발! 젓 같네! 내 똘똘이가 오줌 눌 때도 서질 않아! 강철의 몸을 가진 고자라니! 이런 건 상상해 본 적도 없다고! 오줌도 앉아서 눠야 할 정도야! 안 그러면 신발에 튀니까! 씨발! 잘 생기고 건강한 것들은 보는 족족 신인류로 진화시키고야 말겠어! 두고 봐! 내가 그러나 안 그러나!"

물론 말뿐이었다. 대신 보이는 족족 잘생기고 건강한 것들의 부드러운 목덜미에 이빨을 박아 넣었다. 그렇게 함으로 그는 자신의, 있지도 않은, 욕구불만을 다스렸다.

"성욕이 감퇴한다는 말이냐?"

강유진이 고개를 갸웃거렸다. 고작 성욕 감퇴가 무슨 큰 문제라고?

그러자 양동원이 떨떠름한 얼굴로 답했다.

"저어, 그게, 정신의 문제가 아닙니다. 성기가…… 퇴화합니다. 오줌을 누는 것도 불편할 정도입니다."

"헐! 그럼 성관계도?"

"예, 그래서 신인류는 남성 여성으로 성을 분류하지 않습니다."

"그럼?"

"그냥…… 신인류입니다."

"수컷 라이거처럼 일회용 생명이라는 거냐?"

라이거는 수컷 사자와 암컷 호랑이 사이의 종간잡종(種間雜種)이다. 몸의 크기는 호랑이와 사자의 중간 정도. 사자와 비슷하고 몸에는 호랑이의 얼룩무늬가 있다. 염색체의 정상적인 접합이 이루어지지 못해 대부분의 수컷에게 번식 능력이 없다.

"그보다 더합니다. 성교 자체가 불가능합니다."

"에?"

"남성은 발기 자체가 불가능하고…… 여성은 자궁이 붙어서 사라집니다. 남성과 여성 모두 생식기는 용도 폐기되었다고 생각하시면 됩니다."

"너, 상당히 구체적이다?"

"아, 제가…… 생물학과 중퇴라……."

"중퇴?"

"지방대 기숙사에 있었는데 뇌종양이 생겨서…… 중퇴하고 고향에 내려왔던 겁니다."

"지금의 몸을 보면 상상이 안 가는군."

"신인류로 진화하면서 건강해진 겁니다."

양동원은 끝까지 신인류라는 말을 썼다.

그런 양동원을 강유진이 싸늘한 눈으로 바라보았다. 한순간 깜빡했다. 대화가 잘 통한다고 해도 상대는 그저 흡혈귀일 뿐이다. 그것도 중세의 흡혈귀 괴담—낮에는 인간을 피해 관 속에 숨었다가, 밤이 되면 관 뚜껑을 열고 나와 흡혈을 하는—과 달리 대놓고 인간을 사육하는 흡혈귀다.

"말 잘했다. 그러니까 너희는 인간이 아닌 거지?"

"……."

양동원은 상대가 무슨 말을 하려는지 몰라 눈치를 살폈다.

강유진이 담담한 어조로 말했다.

"인간이 아닌데 인간을 잡아먹는다. 호랑이나 사자, 늑대, 뭐 그런 종류라고 볼 수 있겠지? 인간의 형상을 한 이성이 있는 육식 동물."

"우, 우리는 인간의 최종진화형입니다."

"너희가 최종진화형인지 뭔지는 모르겠지만, 우리 인간과 같은 종은 아닌 것 같다. 그러니까 인간을 사육할 생각을 하지."

"……."

사육이라는 단어 앞에서 양동원은 더 이상 변명하지 못했다. 확실히 신인류는 인간을 동류로 생각하지 않았다. 도시락법이라는 것도 그 연장선상에 있었다.

강유진이 혼잣말처럼 중얼거렸다.

"전쟁 전에 내가 시골 생활을 좀 했거든."

"……."

양동원이 어색한 표정으로 상대를 바라보았다.

육식동물에서 갑자기 웬 시골 생활?

그러거나 말거나 강유진의 말은 계속됐다.

"도시 사람은 독사를 생태계의 균형을 위해서 보호받아야 할 동물로 생각하지. 그런데 시골 사람은 독사를 보면 달려가서 머리를 짓이겨 죽여. 왜 그런 줄 알아?"

"잘 모르겠습니다."

"간단해. 보이는 족족 죽이지 않으면 자신이나 가족이 물릴 수 있으니까. 그래서 시골 사람들은 독사를 발견하면 죽이는 거야. 하지만 도시의 사람은 평생 독사를 만날 일이 없어. 그러니 생태계의 균형을 걱정하며 반드시 살려 둬야 한다고 말하지."

"……."

양동원의 표정이 어두워졌다.

결론은 신인류를 죽이겠다는 것인가?

'젠장, 말이 좀 통하나 싶더니…… 큰일이군.'

저도 모르게 붙잡힌 오른손에 힘을 주었다.

그러나 여전히 프레스기에 말려 들어간 것처럼 미동도 하지 않는다. 자신의 힘이라면 아름드리나무도 뽑아 버릴 수 있는데, 도무지 지금의 현상을 이해할 수가 없다.

순간 양동원은 속에서 뭔가 울컥 치밀어 올랐다.

"당신도 인간은 아닌 것 같은데요?"

"누가 그래? 나 사람 맞아."

"사람이 어떻게 신인류보다 강할 수 있습니까!"

"네가 우주의 비밀을 다 아냐?"

"그, 그래도⋯⋯."

"나에 대해 모르면 말을 하지마."

"하지만 당신도 나에 대해 모르지 않습니까!"

"뭘 몰라 인마? 지금까지 네가 말해 줬잖아. 신인류라며? 인간을 효율적으로 잡아먹기 위해 사육까지 한다며? 너희들에게 물리면 일 년 안에 좀비가 돼서 죽는다며? 뭘 더 알아야 돼? 아! 또 있군. 고자가 됐다는 거."

"⋯⋯."

양동원은 멍한 얼굴로 상대를 바라보았다.

도무지 말로는 어떻게 해 볼 수가 없다는 생각이 든다.

한참 만에 양동원이 힘겹게 말했다.

"⋯⋯살려 주십쇼."

뇌종양으로 죽어가던 몸이다. 돈이 없어 수술도 못 하고, 진통세로 몇 년을 견뎠다. 그러다 흡혈을 통해 겨우 건강해졌는데, 이대로 죽을 수는 없지 않은가?

"시골 살 때 내가 죽인 뱀이 세 마리다."

강유진의 표정과 음성은 담담했다.

언제부터인가 생각과 감정이 일치하기에 눈곱만큼의 흔들림도 없다.

독사인지 아닌지 확실히 모른다. 그래도 만일을 위해 죽였다. 더 이상 탑골 집에 놀러올 가족이 없다는 걸 알았지만, 죽였다.

강유진에게 양동원은 독사였다.

"제발…… 살려만 주시면……."

"사람의 모양을 한 유사인종도 수없이 죽였다."

고대(古代)의 유사인종이라고 할 수 있는 루인족은 자신의 손에 멸종당했다.

"제발……."

"인간 이하의 행동을 하는 강도들도 죽였다. 그런데 인간도 아닌 것들을, 인간을 먹이로 삼는 것들을, 살려 주라고?"

강유진이 서늘한 눈으로 양동원을 바라보았다.

양동원의 얼굴이 절망으로 검게 물들었다.

상대는 살인의 경험이 많은 사람이다. 그런 그가 자신을 진짜 죽일 생각을 가지고 있다. 죽음이라는 단어 앞에서도 설마 하는 마음이 있었다. 대화가 길어질수록 희망은 커졌다. 그런데 저 눈빛을 마주한 순간 "턱!" 하고 숨이 멎으며, 오금이 저려 왔다.

진짜 죽는다. 끝이다.

그렇게 생각하자 머릿속이 허옇게 비워졌다.

"사, 사, 살려 주십쇼! 저는 아무도 죽이지 않았습니다! 제발요! 용서해 주십쇼!"

양동원은 절규했다.

떨리던 음성은 갈라졌고, 신인류가 된 뒤로 사라졌다고 믿었던 눈물이 주체할 수 없을 만큼 흘러나왔다.

그런 절박한 바람이 전해진 것일까?

강유진이 조금은 부드러워진 음성으로 물었다.

"살고 싶으냐?"

"예! 예! 살려만 주십쇼. 뭐든지 다 하겠습니다."

"방법이 없는 것도 아니다."

"뭐, 뭔가요? 뭐든지 하겠습니다."

"사람의 피를 먹지 마라. 먹었다는 것을 내가 알게 된 순간, 넌 죽는다."

"그, 그렇게 하겠습니다! 절대 사람의 피를 먹지 않겠습니다!"

양동원은 어렵지 않을 거라고 생각했다.

가축이나 야생동물의 피를 취하면 된다. 조금 피곤해지겠지만 불가능한 일은 아니다. 그러다 성 안 되겠다 싶으면, 달아나면 된다.

"사람을 제외한 것의 피는 허락한다."

"예! 감사합니다! 감사합니다!"

양동원이 쉬지 않고 머리를 조아렸다.

강유진에게 손목이 잡히지 않았다면 절이라도 할 기세다.

"흥! 감사는 개뿔! 병신 짓도 가지가지다. 게이냐? 남자 새끼들이 손잡고 뭐하는 짓들이야?"

뒤쪽에서 걸쭉한 남자의 목소리가 들려왔다.

강유진은 양동원의 손목을 놓고 돌아섰다.

특징 없는 평범한 얼굴의 사내가 냉소를 치며 서 있다.

"왔냐?"

강유진의 얼굴에 미소가 떠올랐다.

찾으러 다닐 수고를 덜어 준 사내가 고마웠다. 만약 사내가 제 발로 찾아오지 않았다면 밤새 마을을 뒤지고 다녔을 것이다.

'헉!'

양동원의 입이 쩍 벌어졌다.

순혈의 신인류 박민중이다!

자신으로서는 감히 눈을 마주하기도 어려운 존재가 나타났다.

하필이면 인간에게 복종하는 순간, 순혈의 신인류가 등장한 것이다.

순간 돌아선 남자의 뒤통수기 그게 보였다.

가슴이 벌렁거렸다.

여기서 박민중을 도와 사내를 죽인다면, 지금의 일을 눈감아 줄까?

'그런데 죽일 수 있을까?'

남자의 초인적인 힘과 능력을 떠올랐다.

손에서 힘이 빠진다.

그렇다고 포기하기에는 위치가 너무 좋다. 여기서 뒤통수를 제대로 후려치면 끝난다.

물론 한 방에 죽이지 못하면 자신은 반드시 죽는다.

'할까? 말까?'

손에 힘이 들어갔다 나갔다를 반복했다.

그러는 동안 상대는 멀어져 갔다.

결국 양동원은 두 팔을 축 늘어뜨리고 말았다.

'씨발! 난 병신이야! 이러다가 박민중에게 죽어도 싸!'

양동원은 자신의 나약함을 저주했다. 어쩌면 이런 병신스러움이 자신을 평범한 신인류의 위치에 머무르게 했을지도 모른다. 색골에다 고졸 학력이 전부인 날건달 박민중까지 순혈의 축복을 받았는데, 대학 중퇴인 자신이 —대학에 합격했을 때는 마을에 플래카드까지 나붙었었다— 평범한 신인류밖에 되지 못한 이유는 그것 말고는 없다.

"어이! 씨발놈아! 나한테는 총이 안 통한다는 거 알고 있냐?"

박민중은 그렇게 말하면서도 내심 걱정이 되는지 강유진의 손에서 눈을 떼지 못했다.

총알에 맞으면 당연히 부상을 입는다. 순혈의 신인류라고 해도 총알보다 빠를 수는 없다. 다만 총구의 방향을 보고 미리 피하는 것뿐이다.

강유진이 피식 웃으며 답했다.

"쫄지 마라. 형은 총 같은 거 안 가지고 다닌다. 그런데 영화에서는 흡혈귀들이 카리스마가 넘치던데, 니들은 왜 그렇게 찌질해 보이냐?"

"뭐? 찌질해? 미친놈!"

박민중이 말과 함께 강유진을 덮쳤다.

"쉬이익" 하고 바람을 가르는 소리와 함께 검은 그림자가 화살처럼 날아갔다.

박민중의 손아귀가 턱 밑으로 파고드는 순간이다.

강유진이 상체를 살짝 뒤틀며 주먹을 날렸다.

그야말로 아무런 기교도 실려 있지 않은 순수한 주먹질이다.

쾅.

박민중의 몸이 날아갔던 속도보다 빠르게 뒤로 튕겨 나갔다.

"큭!"

십여 걸음이나 뒷걸음질 친 박민중이 답답한 신음과 함께 머리를 세차게 흔들었다.

상대의 주먹에 얻어맞은 광대뼈가 얼얼했다.

'뭐, 뭐야?'

강철보다 단단한 뼈다. 그런데 지금 그 뼈가 욱신거리고 있다. 이건 인간의 힘이 아니다. 인간에게 이 정도의 힘이 있을 리가 없지 않은가! 게다가 가공할 속도와 동체 시력까지 겸비했다.

박민중은 저도 모르게 소리를 빽 내질렀다.

"너 이 새끼! 협회에서 나왔구나! 어디 소속이야!"

세계불멸협회가 아니고는 이런 무지막지한 힘이 나올 수가 없다. 박민중은 젊은 남자가 세계불멸협회의 일원일 거라고 생각했다.

강유진이 기가 막힌다는 듯 너털웃음을 터뜨렸다.

"허헛! 이 자식들은 쥐 터질 때마다 협회에서 나왔냐고 묻네. 형은 불멸협회 사람 아니다. 흡혈귀도 아니다. 형은 그냥 흡혈귀를 싫어하는 아저씨다. 알겠냐?"

그러나 박민중은 믿지 않았다.

"아니라고? 어디서 개수작이야! 저 병신은 속여 먹을 수 있을지 몰라도, 나는 안 속아! 어디 소속이야! 이 새끼야! 너 이제 젓 됐

50 후아유

어! 협회의 규칙을 어기면 어떻게 되는지 알아?"

"규칙? 무슨 규칙?"

"축복받은 신인류들에게는 지역선점권(地域先占權)이 있다! 먼저 와서 찜한 놈이 주인이라는 소리지! 오갑산 일대의 지배자는 나다! 남의 구역에 들어가서 적대적인 행위를 하면, 협회에서 제명될 수도 있다고! 혹시 몰랐냐? 흐흐! 필수 지침은 외우고 다녔어야지! 멍청한 새끼!"

폭풍처럼 몰아치는 사내의 말에 강유진은 잠시 말을 잊었다.

그런 강유진을 향해 박민중이 의기양양한 얼굴로 말했다.

"적당한 자리를 찾아 헤매고 다니는 모양인데, 네놈이 몰고 다니는 인간을 놓고 가라. 그럼 없던 일로 해 주마. 어때? 제명되는 것보다 그게 나을 텐데?"

"뭐? 몰고 다니는 인간?"

강유진이 어이가 없다는 얼굴로 되물었다.

"그래, 어차피 다 도시락으로 쓰려고 데리고 다닌 거 아녔냐? 모두 여기 놓고 가라고."

"……."

강유진의 얼굴이 딱딱하게 굳었다.

저놈은 정말 인간을 먹이로 보고 있다. 같은 흡혈귀라고 해도 저놈에 비하면 양동원은 순진한 애다. 놈의 눈에는 자신이, 소나 양 떼를 몰고 다니는 유목민처럼, 인간을 몰고 다니는 흡혈귀로 보이는 모양이다.

"왜? 다 주려니 아깝냐? 내가 양보를 해 줄까? 그래, 너도 먹고 살아야 할 테니 다섯을 데리고 가라. 그 이상은 나도 들어 줄 수가 없다."

"너 지금까지 인간을 몇이나 손댔냐?"

"열셋? 넷? 대충 그 정도밖에 안 돼. 너도 알다시피 순혈은 많이 먹어 줘야 하니까. 많이 먹다 보니 돌려 막기가 잘 안 되더라고. 인간의 생명력은 보이는 것과 실제가 많이 달라서. 너도 머릿수 유지하려면 애 좀 먹었을 텐데?"

순혈의 신인류는 평균적으로 하루에 2리터의 피가 필요하다. 그건 적은 양이 아니다. 별수 없이 여러 사람에게서 죽지 않을 만큼 쥐어짠다. 그러다 보면 건강해 보이는 사람에게서 평균치보다 조금 더 많은 양의 피를 뽑을 때가 있다. 그럴 경우 대략 30% 정도의 확률로 죽는다. 30%. 중지하기도 계속하기도 애매한 수치다. 그래도 당장 살아야 하니 모든 걸 운에 맡기고 뽑고 있다.

"나는 흡혈귀가 아니라고 했다. 너 하나 살자고 많은 사람을 죽였구나."

"정말 아니라고?"

"너만 머리가 나쁜 거냐? 아니면 흡혈귀들은 다 말귀가 어두운 거냐? 형은 사람이라고 했다."

박민중이 불쾌한 얼굴로 머리를 좌우로 까닥였다.

우드득. 뚜둑.

"협회 회원이 아니면 죽어야지. 특별히 반달곰처럼…… 네놈의 심장에 빨대를 꽂고 마셔 주마."

돈에 환장한 인간들이 곰의 쓸개즙을 채취하기 위해, 곰을 우리에 가두고 산 채로 쓸개즙을 뽑아낸 일을 모방한 발언이다.

강유진이 차갑게 되받았다.

"형한테 얻어맞고 코피를 줄줄 흘리는 흡혈귀의 입에서 나올 소리는 아니라고 보는데."

그제야 박민중은 손등으로 코를 슥 문질렀다. 붉은 피가 손등에 묻어났다. 그 한 방의 주먹에 정말 코피가 터졌던 모양이다.

"씨발놈, 아까운 피를 흘리게 만드네……."

중얼거리던 박민중이 상대를 향해 득달같이 달려들었다.

"죽어! 새끼야!"

눈 깜짝할 사이에 7미터 이상의 거리가 좁혀졌다.

곧이어 두 사람 사이에 주먹이 오갔다.

처음에는 비등해 보이던 격투지만 팽팽한 접전은 그리 오래가지 않았다.

어쩌다 성공하는 박민중의 타격은 강유진에게 전혀 데미지를 주지 못했다. 그러나 소나기처럼 퍼부어진 강유진의 주먹은 박민중의 신체를 서서히 붕괴시켰다.

"크으윽!"

마침내 박민중의 입에서 고통에 찬 비명이 흘러나왔다.

참을 수 없을 지경에 이른 것이다.

결국 박민중은 맞붙어 싸운 지 5분 만에 비칠거리며 물러나고 말았다.

어디가 부러졌는지 두 팔은 연체동물처럼 아래로 축 처져 흔들거렸다.

"헉! 헉! 너는 누구냐? 나를 이 꼴로 만들었으니…… 협회에서 너를 가만두지 않을 거다."

숨이 턱에까지 차오른 박민중은 헐떡이면서도 자기를 이 꼴로 만든 강유진을 노려보았다. 그만큼 세계불멸협회에 대한 그의 믿음은 절대적이었다. 그곳에는 신인류의 0.01%라는 진혈의 신인류가 있다. 그들은 자신과는 비교도 할 수 없을 만큼 뛰어난 능력을 가지고 있었다.

"다른 흡혈귀들은 모를 거야. 알아도 변하는 건 없고."

담담한 강유진의 말에 박민중은 슬슬 불안해졌다.

'이 자식, 나를 죽일 셈인가?'

신인류가 된 이후로 죽이는 위치에 익숙해진 박민중에게 '죽을 수도 있다'는 것은 실감이 나질 않았다. 게다가 자신에게는 아직 튼튼한 두 다리가 있다. 마음먹고 달아나면 누구도 쫓아오지 못한다. 그러니 죽음은 아직 먼 나라의 이야기였다.

"씨발놈아! 네가 뭐라고 해도 넌 신인류야! 아닌 척해도 신인류야! 다른 사람들을 속이다 보니 스스로 인간이라고 착각하고 사는 모양인데! 인간은! 너나 우리의 밥이야! 앞으로 뒤통수 조심해야 할 거다! 그리고 너! 양동원! 이 개새끼야! 평민 따위가 협회를 배신해? 지옥을 맛보게 될 거다!"

말과 함께 박민중은 건너편 건물의 지붕으로 몸을 날렸다.

두 팔이 덜렁거릴 때마다 죽을 듯이 아팠지만, 살기 위해 이를 악물고 달렸다.

놀란 양동원은 멀어져 가는 박민중과 제자리에 우두커니 서 있는 남자, 강유진을 번갈아 바라보았다.

이대로 보내면 큰일 난다는 건 초딩들도 알 텐데 왜?

그 순간이다.

강유진이 무심한 음성으로 말했다.

"플라멘, 라쉬프 붐."

말이 끝나기가 무섭게 30미터가 넘는 거리에 있던 박민중의 몸이 불길에 휩싸였다.

"끄아아악!"

찢어지는 듯한 비명이 밤하늘을 갈랐다.

얼마 지나지 않아 박민중은 재가 되어 흩날렸다.

불씨를 머금은 박민중의 파편이 반딧불이처럼 밤하늘을 날아다녔다. 그러나 그마저도 이내 어둠 속으로 사라져 갔다.

'뭐, 뭐야? 이건?'

양동원은 눈앞에서 벌어지는 일을 믿을 수가 없었다.

순혈의 축복을 받은 초인 박민중이, 저항할 틈도 없이, 재가 되었다. 그것도 30미터 이상 떨어진 곳에서!

"다, 당신은 누구십니까?"

양동원이 떨리는 음성으로 물었다.

"나? 너희들 말대로 하자면 진화 중인 인간."

"역시, 신인류셨던 겁니까?"

양동원은 진화 중이라는 말을 그렇게 알아들었다.

순혈의 박민중을 아무렇지도 않게 죽일 수 있다니?

'헉! 소문으로 듣던 진혈의 신인류인가?'

제멋대로 상상의 나래를 펴고 있는 양동원에게 강유진이 말했다.

"말했지. 우주에는 인류가 알 수 없는 일이 더 많다고. 나는 흡혈귀 따위가 아니다. 그리고 너희는 진화가 아닌 저주의 산물인지도 모르고……."

"저주라고요?"

"그래, 순혈의 복을 받았다는 놈을 보니…… 그런 느낌이 든다."

문득 초고대 문명에 전해지던 흡혈과 관계된 마신의 아주 특별한 저주가 떠올랐다.

'마신이 자신의 목숨을 담보로 피의 저주를 걸겠다고 협박한 적이 있다고 했던가…….'

피의 저주, 그것의 궁극적인 목표는 마신이 특정한 생명체의 멸종이다.

하지만 과거 루인족의 시대에 마신은 말만 앞세웠을 뿐, 자신의 목숨을 버리면서까지 루인족을 멸종시키려고 하지 않았다. 오히려 살아남기 위해 마법사들과 손을 잡기까지 했다.

지금까지 마신이 원한 것은 자신의 생존이었다. 죽기 위해 존재하는 것은 없으니 당연한 일인지도 모른다.

'그런 마신이 인류를 멸종시키기 위해 자신의 목숨을 버렸다?'

믿기 어려운 일이다.

그렇지만 갑작스러운 흡혈귀와 좀비의 출현을 설명할 다른 방법이 없다.

"하아!"

강유진의 입에서 징틴식이 흘러나왔다.

아직 속단하기 이르지만 자칭 신인류라는 흡혈귀들의 언행(言行)을 보면 마신의 저주일 확률이 높다.

그날 마신 세티쉬 카르나크는 환상 마법진 속에서 달아났다.

마신은 회복하기 어려운 부상을 입었지만, 강유진은 그를 그 자리에서 소멸시키지 못했다. 작정하고 달아나는 마신을 죽이기란 자신으로서도 어려운 일이다. 마신이 자존심 때문에 목숨을 도외시하고 덤빈다면 모를까, 그게 아니라면 어쩔 수 없다. 그는 이름 그대로 초월적인 존재, 마신이기 때문이다.

세계불멸협회가 마신이 계획한 것이라면 인류는 자멸할 수밖에 없다. 흡혈귀의 핍박 아래 조금 연명할 수는 있겠지만, 개체 수가 줄어들어 결국 사라지게 될 것이다. 그다음은 인간의 탈을 쓴 흡혈귀 차례. 생식의 능력이 없으니 그들도 차츰 소멸할 것이다. 마신이 왜 그토록 인류를 증오하는지는 몰라도, 인류의 종말은 시작됐다고 해도 과언이 아니다. 만일 이것이 정말 마신의 저주라면 말이다.

*　　　*　　　*

강유진은 양동원을 앞세워 남아 있던 흡혈귀의 집을 방문했다. 그리고 그들에게 당장 마을에서 떠날 것을 지시했다. 흡혈귀들의 반응은 대동소이(大同小異)했다. 그들은 기본적으로 자신보다 하층계급인 인간의 말을 듣지 않았다. 어떤 흡혈귀는 오히려 강유진을 포획하려고까지 했다.

별수 없이 강유진은 그들 모두를 죽였다. 그리고 흡혈귀들이 공동으로 관리하던 아홉 명의 마을 사람들을 풀어 주었다.

마을 사람들은 영문도 모른 채 다시 자유를 얻었다는 사실 하나로 기뻐했다.

강유진은 마을 사람들에게 둘러싸여 인사를 받았지만 표정이 어두웠다. 양동원의 말에 의하면 그들은 일 년 안에 좀비가 되어 죽을 운명이다.

남은 기간 동안이라도 인간으로서의 삶을 살도록 해 주는 게 옳은 일일까?

흡혈귀가 좀비를 만들지만, 좀비에게 물려도 좀비가 된다고 했다.

그렇다면 지금 죽여야 하는지도 모른다.

하지만 그건 무리다. 아직 인간인 저들을 죽일 수는 없다. 저들은 자발적으로 흡혈귀가 된 자들과는 다르다. 비참한 죽음이 예약된 피해자들일 뿐이다.

강유진은 구조된 마을 사람들의 인사를 받으며 돌아섰다.

좀비가 되어 마을을 떠돌다 죽어 갈 걸 생각하면 차마 발걸음이 떨어지지 않았다.

'세티쉬 카르나크, 아니, 장우석…… 정말 네가 인간에게 이토록 가혹한 짓을 저지른 거냐?'

만약 이것이 마신에 의한 '피의 저주'라면, 더 이상 이 세상에 마신의 본체는 없다. 그저 마신의 피가 떠돌아다니며 사람들을 흡혈귀로 만들 뿐이다.

강유진이 칠흑처럼 어두운 밤하늘로 시선을 돌렸다.

여전히 마신의 음울한 기운이 느껴지는데, 그 근원을 알 수가 없다.

이 세상은 정말 마신의 저주 아래 놓이게 된 것일까?

강유진은 머리를 설레설레 저었다.

혹한의 추위나 홍수나 사막화는 적응하려면 할 수도 있다.

그러나 흡혈귀와 좀비는 미쳐 버린 자연과 비교도 할 수 없을 만큼 끔찍한 재앙이다.

'사실이 아니길 바랄 뿐이다…….'

우두커니 서 있던 강유진이 양동원에게 시선을 돌렸다.

흠칫 놀란 양동원이 눈을 내리깔았다.

강유진은 잠시 망설였다.

'죽였어야 하나?'

그를 살려 두기로 한 것이 마음에 걸렸다.

자신의 생각이 맞다면, 그의 핏속에는 마신의 저주가 흐른다. 모든 흡혈귀는 마신의 후예다. 그들은 인간을 멸종시키기 위해 마신이 만들어 낸 인형에 불과하다.

인간을 잡아먹는 인형.

한동안 말없이 걷던 강유진이 물었다.

"그런데 불멸의 신비를 전해 준 현자의 이름이 뭐라고 했지?"

"칸 락입니다. 피 가름의 의식을 치를 때…… 그분에게 감사해야 한다는 말을 들었습니다."

"칸 락?"

"그렇습니다."

"칸 락…… 칸 락……."

그와 마신과의 관계를 곰곰 생각하던 강유진의 얼굴이 딱딱하게 굳어갔다.

곧이어 그의 입술에서 신음 같은 음성이 흘러나왔다.

"장우석…… 이 개새끼……."

세계불멸협회와 칸 락, 그리고 흡혈귀와 좀비의 관계가 선명하게 떠올랐다.

장우석의 껍질을 쓰고 있던 마신은, 자신의 죽음과 인류의 종말이라는 지상 최악의 시나리오를 완성한 뒤에, 유치한 암호로 저자

(著者)에 대한 실마리를 남겨 둔 것이다.

마신 세티쉬 카르나크(Setesh Karnak).

카르나크의 이름을 거꾸로 쓰면 칸 락(Kan Rak)이 된다.

인간들 중에서 그의 진실한 이름과 정체를 알고 있는 사람은 자신밖에 없다. 마신 장우석은 자신이 이 '피의 저주'에 대해 알기를 원했다는 말이다.

"왜냐! 왜 그랬냐고! 이 미친 새끼야!"

강유진이 어둠을 향해 소리쳤다.

오갑산 줄기를 타고 내려온 냉기가 마을을 한차례 쓸고 지나갔다.

치밀어 오르는 분노를 참지 못해 한바탕 소리를 지른 강유진은 다시 터덜터덜 걷기 시작했다.

'인간의 어디가 그렇게 싫었지?'

인간을 향한 그의 끝없는 증오를 이해할 수가 없다.

장우석의 탈을 쓴 마신 세티쉬 카르나크는, 자신을 소멸시키면서까지, 인간을 저주했다.

'왜지?'

그것은 한때 인간 장우석의 연인이었던 사이먼(Simon, 사도 그레이의 옛 이름)의 죽음 때문이지만, 강유진으로서는 아무리 생각해도 알 수가 없었다.

흡혈귀와 좀비로 가득한 세상에서 인간은 살아남을 수 있을까?

세상의 모든 흡혈귀와 좀비가 소멸할 때까지 버틸 수 있을까?

인간을 위해 흡혈귀를 죽여야 한다.

한때 인간이었던, 어쩌면 지금도 인간일지 모를, 흡혈귀를 죽여야 한다고 생각하니 답답했다. 인간의 자격이나 조건이라는 게 있을까?

"하아!"

땅이 꺼져라 한숨을 내쉬던 강유진이 양동원에게 고개를 돌렸다.

그 차가운 눈빛에 질린 양동원이 움찔하고 어깨를 움츠렸다.

"양동원이라고 했지."

"예……."

"나는 너를 죽이고 싶다."

흡혈귀가 마신의 저주로 된 것임을 알게 된 뒤로 그들에 대한 연민이나 동정은 버렸다. 추방이라는 행위가 인간의 생존에 도움이 되지 않는다는 걸 알았으니, 이제는 만나는 족족 모두 죽일 생각이다. 그것은 거창하게 인간을 위해서가 아니다. 앞으로 이 더럽고 끔찍한 세상을 살아가야 할 소중한 딸, 하연이를 위해서다.

"……."

"그런데 웬일인지 그러지 못하고 있다."

시한부 인생을 살다가 흡혈귀가 된 양동원에 대한 동정 때문일까? 어쩌면 그와 장시간 대화를 나눈 탓인지도 모른다. 비록 흡혈귀지만 그와의 대화는 제법 유익했고, 말이 통하는 상대를 죽인다는 건 강유진에게도 쉽지 않은 일이었다.

"살려 주십쇼……."

"믿기 어렵겠지만, 나는 생각만으로도 너를 죽일 수 있다."

"아닙니다. 믿습니다."

양동원은 불기둥이 되어 타오르던 박민중을 떠올렸다. 생각만으로도 자신을 죽일 수 있다는 말은 과장된 것이 아니었다.

"사람들의 곁에 가지 마라. 세 걸음이다. 그 이상 가까이 가면, 죽는다."

"예, 절대 사람에게 가까이 가지 않겠습니다."

"살고 싶다면 그래야 할 거다. 그런데 흡혈당한 것을 알 수 있는 방법이 있나?"

"옷을 벗겨 보면 어딘가 물린 자국이 보일 겁니다."

"얼굴만 봐서는 모른다는 거냐?"

"예."

"물린 사람은? 자각하지 못하나?"

"최면 상태에서 당하기 때문에 알 수가 없습니다."

"최면?"

"인간이 흡혈을 원하는 신인류와 눈이 마주치면…… 최면 상태에 빠집니다."

"흡혈귀가 최면을 거나?"

"특별히 최면을 걸지는 않습니다. 저절로 그렇게 됩니다."

"그야말로 뱀과 개구리의 관계군. 아니, 기억조차 못 한다니 그보다 심한 건가?"

생태계에서 흡혈귀가 최상위 존재가 된 것 같다. 비록 그것이 마신의 피로 인한 부자연스러운 것일지라도, 자연은 있는 그대로 받아들인 모양이다.

멀리 마을 회관이 보였다.

"세 걸음이다. 굶주림을 견딜 자신이 없으면 차라리…… 떠나라. 괜히 사람을 건드렸다가 죽지 말고."

"예? 예……."

그렇지 않아도 최악의 경우 달아날 생각을 하던 양동원이다.

'그런데 떠나도 된다고?'

한순간 양동원은 자신이 잘못 들었을지도 모른다고 생각했다. 그러나 감히 다시 물을 수 없었다. 괜히 섣부른 질문으로 자신의 마음을 드러내고 싶지 않았다.

제3화

엘의 가
호

마을 회관에 도착한 강유진은 안상혁과 최명석을 따로 불러냈다.

그리고 세계불멸협회가 마신의 저주로 세워짐과 그 목적이 인간의 멸종에 있음을 가르쳐 주었다.

강유진의 설명을 듣고 있는 두 사람은 넋이 나간 얼굴이다.

한참 만에 최명석이 양동원을 가리키며 물었다.

"형님, 이 남자가 그 흡혈귀 중 하나라고요?"

"그래."

순간 최명석은 뒤로 한 걸음 물러났다.

"물리면 정말 좀비가 돼요?"

"그렇다고 하더라."

"그런 놈을 왜 데리고 오셨어요?"

"글쎄…… 나도 잘 모르겠다."

"아니, 그게 무슨 무책임한 말씀이십니까! 누가 물리면 어쩌시려고요?"

놀란 최명석이 펄쩍 뛰며 반발했다.

"그래서 너희들에게 알려 주는 거다. 이 녀석을 잘 지켜보라고 말이야. 그리고 이 녀석에게도 경고를 해 뒀다. 사람들에게 다가가면 즉시 죽이겠다고."

"아니! 형님! 우리가 어떻게 이놈을 24시간 감시합니까? 원래 백 명이 지켜도 도둑 하나 못 막는다고요. 아시잖아요? 무장공비 하나 뜨면 몇 개 사단이 동원돼도 잡기 힘들어요. 상혁 형도 가만히 구경만 하지 말고, 뭐라고 말 좀 해 봐요."

혼자 힘으로 안 되겠다고 생각한 최명석이 안상혁을 물고 늘어졌다.

안상혁도 불안한 얼굴로 말했다.

"형님, 명석이 말에 일리가 있습니다. 작심하고 사고를 치려면 막을 수가 없습니다. 형님도 사람인지라 취약한 부분이 있지 않습니까? 형님과 우리가 피곤해서 감시를 소홀히 하게 되면 끝입니다. 이놈이 무슨 짓을 하고 다니는지 알 수가 없어요."

"나도 안다. 그런데…… 어쩌다 보니 이렇게 됐다."

최명석이 재빨리 끼어들었다.

"형님 마음이 약해서 그래요. 상혁 형이나 제가 처리할 수도 있습니다. 말만 하세요. 심장에 말뚝을 박으면 되나요?"

최명석은 강유진이 인정에 끌려 흡혈귀가 된 남자를 죽이지 못하는 거라고 생각했다.

그런 최명석을 향해 강유진이 담담하게 말했다.

"여기 오기 전에 이미 흡혈귀 넷을 죽였다. 숫자 하나 더하는 건 일도 아니야."

"쩝! 하긴……."

뒤늦게 최명석은 강유진이 생각과 행동이 일치하는 사람이라는 것을 떠올렸다. 확실히 그는 인정이나 감정에 휘둘릴 사람이 아니었다.

"아, 진짜 불안한데……."

고민하는 최명석과 강유진을 번갈아 바라보던 안상혁이 수를 냈다.

"형님, 이 일은 다른 분들의 의견도 들어 봐야 한다고 생각합니다. 세 사람보다는 여섯 사람의 머리가 더 낫지 않겠습니까?"

안상혁의 의견에 잠시 생각하던 강유진이 고개를 끄덕였다.

"그래, 좋은 생각이다. 여섯 사람이 지켜보면 피로감도 좀 줄어들 테니까."

강유진의 승낙이 떨어지자 최명석이 한걸음에 달려가 임지연과 김미연 그리고 박미나를 데리고 왔다.

이번에는 최명석이 세 여자들에게 마신의 저주와 흡혈귀에 대해 설명했다.

이야기를 들은 여자들의 반응도 남자들과 크게 다르지 않았다. 그녀들도 흡혈귀와 함께 생활한다는 것을 부담스러워 했다.

흡혈귀를 목격한 경험이 있는 박미나의 경우 치를 떨었다.

"강 선생님, 재고해 주세요. 강 선생님에게는 그를 감당할 능력이 있지만, 다른 사람들은 그렇지 않아요. 후회는 아무리 빨라도 늦은 법입니다. 손을 쓰는 게 내키지 않으면 차라리 쫓아버리는 건 어때요? 그렇지 않아도 살기 힘든 세상에 일부러 걱정거리를 안고 갈 이유는 없잖아요? 저 사람이 우리에게 꼭 필요하다면 모를까? 그런 것도 아니잖아요?"

"……."

강유진은 박미나의 심정을 모르는 바가 아니다.

"여러분이 무엇을 걱정하는지 알고 있습니다. 그런데 어쩐 일인지 내키지가 않습니다. 흡혈귀에 대한 측은지심 때문이 아닙니다."

"그럼 내보내요."

박미나가 애원했다.

그러나 강유진은 뜻을 꺾지 않았다.

"지금은 생존에 집중해야 한다는 거 압니다. 답답하고 걱정도 되겠지만…… 지금은 저를 믿고 따라 주세요."

강유진의 말에 다들 침울한 표정이다.

한번 물리면 일 년 이내에 좀비가 된다고 하니 그럴 만도 하다.

분위기가 가라앉자 임지연이 조심스럽게 입을 열었다.

"제 생각을 말해도 될까요?"

"그러세요."

강유진이 각오한 얼굴로 임지연을 바라보았다.

그녀에게 다소 비난을 받게 되더라도 그를 내보낼 생각은 없었다.

"다들 분위기가 너무 무거운데, 저는 조금 다른 각도로 생각했으면 좋겠어요. 강 선생님은 엘의 의지를 이은 분이잖아요. 그렇지 않나요?"

임지연이 강유진과 시선을 맞추었다. 대답해 달라는 뜻이다.

"맞습니다."

강유진이 답하자 임지연이 말을 이었다.

"언젠가 강 선생님이 혼수상태에 빠져 있을 때의 일을 들었어요. 그때 강 선생님은 엘을 만났다고 했죠. 루인족은 강 선생님을 엘의 눈물이라고 했어요. 강 선생님이 루인족의 종말에 관계되었으니 그들이 그렇게 부를 만해요."

임지연이 잠시 말을 끊고 사람들을 둘러보았다.

"우리는 갑작스럽게 등장한 흡혈귀와 좀비가 인류에게 치명적인 위험을 불러일으킬 거라고 생각하고 있어요. 맞아요. 치명적이에요. 인류는 세계불멸협회 때문에 멸망할지도 몰라요. 그런데 지금까지 이 모든 게 엘이 아니라 마신의 뜻이죠. 그렇지 않나요?"

임지연이 다시 한 번 강유진과 눈을 맞췄다.

"그렇습니다."

강유진은 고개를 끄덕여 보였다.

이 똑똑한 여인은 무슨 소리를 하고 싶어 하는 걸까?

"엘의 파편, 혹은 의지는 강 선생님에게 깃들어 있어요. 강 선생님의 의식이 강해서 보통 때는 드러나지 않죠. 강 선생님이 흡혈귀를 데리고 있겠다고 한 것은…… 어쩌면 엘의 뜻인지도 몰라요. 강 선생님, 엘이 인간의 종말을 원한다고 생각하세요?"

"그렇게 생각하지 않습니다."

강유진이 고개를 저었다.

만났다고 하면 이상하지만, 자신이 겪어본 엘은 인간에게 적대적이지 않았다. 솔직히 엘이 접촉한 인간은 자신밖에 없다. 물론 자신의 기억을 통해 인간 군상에 대해 알 수는 있다. 하지만 엘은 한 종족의 멸종을, 단 한 사람의 기억에 의지해 결정할 정도로 분별없는 존재가 아니다.

"그렇다면 이렇게 생각해 볼 수 있어요. 엘이 인간의 종말을 원하지 않을 수도 있다는 거죠. 인간의 종말을 원하는 것은 마신이에요. 엘은…… 적어도 마신과는 다른 길을 가고 있는 존재죠. 정리하자면, 강 선생님이 명확하게 자신의 행동을 설명하지 못하는 상황이라면…… 엘의 의지가 선생님을 이끄는 것이라고 생각할 수도 있어요. 고로 흡혈귀와의 동행은 인류에게 유익한 결과를 가져올 수도 있다고 생각해요."

"……"

임지연의 말이 끝나자 사람들은 각자 생각에 잠겼다.

그럴 수도 있고, 그렇지 않을 수도 있다. 미래를 누가 알겠는가?

어차피 결론은 정해져 있었다. 다소 불안해도 사람들은 강유진의 의견을 따라야 했다.

이야기가 정리되자 안상혁이 최명석과 박미나를 힐끔거리며 말했다.

"형님, 지금 상황에서 이런 말을 하기가 좀 그렇지만…… 지금 꼭 확인하고 넘어가야 하는 게 있는데요."

"뭔데?"

강유진이 의아한 얼굴로 안상혁을 바라보았다.

평소 같지 않은 안상혁의 표정을 보면 말하기 다소 거북한 내용을 꺼내려는 모양이었다. 흡혈귀와의 동행보다 더 거북한 주제가 있을까?

"처음 명석이와 미나 씨가 목격한 흡혈귀는 이미 흡혈을 한 상태라고 추론해 볼 수 있지 않습니까? 창틀 아래에 핏방울이 제법 많이 떨어져 있었으니까요. 그렇다면 공동체의 안위를 위해서라도 그날 외출했던 네 사람을 조사해 봐야 한다고 생각합니다. 물론 흡혈귀가 사육하던 사람들이 있으니 그들의 피일 거라고 생각은 되지만……."

강유진이 사람들을 둘러보았다.

조사라니 모두가 불편해하면서도 조금은 납득한 얼굴들이다.

사람들이 하나 둘 고개를 끄덕이자 안상혁의 얼굴도 조금 밝아졌다.

"밤이 너무 늦었으니 내일 날이 밝는 대로 신체검사를 했으면 합니다."

"아! 흡혈당한 흔적을 확인하려는 거예요?"

김미연의 입에서 탄성이 흘러나왔다.

"그렇습니다. 몸에 상처가 남았을 거라고 생각합니다."

고개를 끄덕이던 임지연이 최명석과 박미나에게 미소를 지어 보였다.

"딱히 네 사람을 의심하는 건 아니지만…… 필요한 절차라고 생각해요. 본인들이나 다른 사람들을 위해서."

"예, 형수님, 그렇게 하겠습니다."

"저는 지금 당장이라도 받을 용의가 있어요."

신체검사를 받아야 하는 최명석과 박미나는 안상혁의 말을 순순히 받아들였다. 안상혁은 인정머리가 없다고 느낄 정도로 이성적인 사람이다. 하지만 그의 그런 성향은 공동체의 안전에 큰 도움이 된다. 다른 사람, 예컨대 임지연이나 김미연과 같은 사람이 그렇게 말했다면 조금 섭섭했을지도 모른다. 그러나 평소 안상혁의 성격을 아는 최명석과 박미나는 아무렇지도 않게 받아들였다.

"그래, 확실한 게 좋겠지. 명석이와 미나 씨도 섭섭하게 생각하지 말고……."

강유진의 말에 최명석과 박미나가 황급히 손사래를 쳤다.

"어유! 아닙니다. 형님, 당연한 절차입니다. 만약 상혁 형이 저와 같은 상황에 처했다면, 저도 상혁 형처럼 말했을 겁니다."

"저도 확실한 게 좋다고 생각해요. 그냥 넘어가면 두고두고 찜찜할 것 같아요."

박미나도 검사하는 것에 대해 나쁘게 생각하지 않았다. 오히려 다른 사람들에게 폐를 끼치고 있는 것 같아 미안한 마음이었다.

"그렇게 말해 주니 고맙군요. 그럼 이만 쉬도록 합시다."

강유진이 자리에서 일어나 양동원에게 손짓했다.

한구석에 쪼그리고 있던 양동원이 강아지처럼 강유진에게 달려갔다.

"입구에 작은 방 하나가 있다. 너는 거기를 써라."

"예."

강유진이 양동원을 데리고 들어가자 사람들도 하나둘씩 자리를 떴다.

뒤처져 있던 최명석이 박미나의 허리를 슬쩍 찔렀다.

"왜요?"

돌아선 박미나의 귓가에 최명석이 속삭였다.

"어디 아픈 데 없어요?"

"괜찮은데요. 명석 씨는 어때요?"

"저도 괜찮습니다. 상처도 없죠?"

"네."

말과 함께 박미나가 상의 속으로 손을 넣어 목덜미의 피부를 더듬었다. 특별히 아프다거나 상처가 난 곳이 느껴지지 않았다.

"명석 씨는?"

최명석이 어깨를 으쓱해 보였다.

"저도 당연히 괜찮죠. 둘이 계속 같이 있었는데……. 우리가 흡혈귀에게 물릴 틈이나 있었나요?"

"그건 그래요. 그 두 사람에게도 별일 없었으면 좋겠어요."

"내일 보면 알겠죠. 저도 별일 없기를 바랍니다."

양동원은 방 안에 드러누워 천장의 무늬를 멍하니 바라보았다.

이런 걸 벽지 디자인을 한다고 하던가?

초저녁부터 지금까지의 일들이 엉망으로 뒤엉켜 쉽게 진정되지 않았다. 얼마나 꼬였는지 생각할수록 머리가 다 아플 지경이다.

"하아!"

자유를 조금 잃었지만 그래도 생명은 지켰다. 자신을 제외한 마을의 신인류는 모두 강유진에게 살해당했다. 강유진의 입장에서는 흡혈귀의 퇴치였겠지만, 신인류인 자신에게 그것은 살인일 뿐이다.

조금 전 남자들이 자신의 처리 문제를 두고 한마디씩 할 때마다 심장이 오그라드는 기분이었다. 그러고 보면 신인류나 구인류 모두에게 사람이 죽고 사는 문제는 특별할 것도 없는 일이 된 것 같다. 말 한마디로 쉽게 살릴 자와 죽일 자를 정하지 않던가!

"에혀! 씨발, 사람이 다 똑같지······."

신인류가 더 무자비하고, 구인류가 인간적이라는 것은 편견이다. 이 빌어먹을 세상은 인간을 모두 차갑게 만든다. 그저 힘센 놈이 장땡이다. 박민중이 불에 타 죽지 않았다면, 이곳의 인간들은 모두 신인류의 밥이 됐을 게다. 하지만 강유진이 더 강했기 때문에 반대로 신인류가 몰살당했다.

그렇게 생각을 정리하니 신기하게 두통이 사라졌다.

"그나저나 나를 왜 끌고 다니겠다는 거야······."

추방이라는 이름으로 풀어 주든지, 아니면 죽이든지.

지금은 포로도 아니고 일행도 아니다.

"에혀! 모르겠다."

어차피 감시가 소홀한 틈을 타서 빠져나갈 생각이다. 이 사람들과는 함께 지낼 수가 없다. 자신도 먹고 살아야 하고, 지금은 아니라지만 언제 강유진의 마음이 변할지 모른다.

'그런데 뭐 하는 사람들이지?'

아무리 생각해도 정체를 알 수가 없다.

범상치 않은 젊은 남자들이 평범한 오십여 명의 사람들을 이끌고 있다. 가만 보면 혈연관계로 얽힌 것도 아닌 것 같다.

게다가 난방이 되는 방바닥이라니?

마을 회관의 보일러 파이프는 이미 오래전에 동파(凍破)돼서 제 기능을 하지 못한다. 그런데 어떻게 된 영문인지 방은 따듯했다.

강유진이나 그 주변에 있는 사람들 모두, 평범해 보이지 않는다.

'마신이니 엘이니 하는 소리는 뭐지?'

세계불멸협회가 마신의 저주라는 이상한 소리를 했을 때, 듣고 있던 사람들은 놀랄지언정 의심하는 것 같지 않았다. 그런 황당한 이야기를 하는 어른이나, 그 터무니없는 소리를 진지하게 받아들이는 사람들이나 모두 이해할 수가 없다.

물론 신인류의 등장 자체가 상식을 떠난 이야기이기는 하다. 그래도 정도라는 게 있다.

'뜬금없이 마신이라니?'

칸 락이 정말 마신일까?

그가 인류를 멸종시키기 위해서 신인류를 만들어 낸 것일까?

양동원은 머리를 흔들었다.

신인류의 수명이 불확실하듯, 강유진의 이야기도 그렇다.

서로 반대되는 위치에 선 사람들의 이야기를 들을 때에는 중용을 지키는 것이 중요하다. 예컨대 정치나 종교의 논쟁에서 어느 한편에만 귀를 열었다가는 병신이 되기 쉽다.

신인류가 인간의 진화일 수도 있고, 마신의 저주일 수도 있다.

칸 락이 장우석일 수도 있고, 아닐 수도 있다.

강유진은 칸 락을 본적이 없다. 그런 그가 칸 락이 장우석이라고 주장하는 것만큼 불확실한 것이 있을까?

중요한 건 강유진과 그의 일행이 신인류에 적대적이라는 사실이다. 심지어 강유진은 신인류를 보이는 족족 죽이겠다고 공언했다. 그의 일행들 역시 당연하다는 듯 받아들였다.

자신은 그들이 죽이겠다고 선언한 신인류다.

"흥, 나의 적이라는 소리지……."

양동원은 누가 들을세라 자기 귀에만 겨우 들릴 정도로 속삭였다.

그렇다면 신인류와 관계된 모든 것을 알려 줄 필요가 없다.

'내일 아침에 조사를 하겠다고?'

"후후……"

흡혈의 자국은 여섯 시간이 지나면 사라진다. 마치 모기에게 물린 자리가 사라지는 것과 같다. 영화에서는 흡혈귀의 송곳니에 뚫린 두 개의 이빨 자국을 쉽게 발견할 수 있다. 그러나 현실은 다르다. 흡혈의 메커니즘은 그렇게 단순하지 않다.

거머리에게 피를 빨릴 때처럼 느낌도 없고, 구멍 난 피부는 6시간이면 복구된다. 그게 아니라면 '도시락 법' 따위가 온전히 지켜질 리가 없지 않은가! 이빨 자국이 선명한 목덜미에 또 이빨을 들이댄다는 것은 상당히 역겨운 일이다. 그건 마치 자기가 뱉은 침을 다시 삼키는 것과 같다. 그러나 언제나 새것처럼 보이는 피부조직 때문에, 한 사람에게 계속 흡혈을 해도, 심리적으로 거부감이 들지 않는 것이다.

그런 비밀을 가르쳐 주지 않은 것은 신인류의 떼죽음에 대한 작은 복수다.

이 어리석은 인간들은 일 년이 지난 뒤에야 오늘 밤에 누가 물렸는지 알게 될 것이다. 좀비가 된 그가 가까이 있는 다른 사람을 물어뜯는다면, 그야말로 완벽한 마무리다.

양동원은 천장을 보며 히죽히죽 웃었다.

일 년 뒤에 일어날 일을 생각하니 웃음이 멈추질 않았다.

"누구라도 막을 수 없다고······."

문득 강유진이라는 사내의 얼굴이 떠올랐다.

하지만 아무리 그의 능력이 대단하다 해도 그것까지는 어쩔 수 없을 것이다. 흡혈을 당한 사람이 좀비가 되는 것은 절대불변의 법칙이니 말이다.

"그나저나 이 인간들은 여기에 왜 왔지?"

곰곰 생각해도 알 수가 없다.

이리저리 몸을 뒤척이던 양동원은 한 시간쯤 지나서야 겨우 잠이 들었다.

* * *

날이 밝자 임지연과 김미연은 박미나와 황수정을 데리고 빈방으로 들어갔다.

같은 시간 안상혁도 최명석과 김대식을 가까운 빈집으로 데리고 가서 꼼꼼히 살폈다.

30분쯤 지나 사람들이 다시 모였을 때 모두의 표정은 밝았다. 검사 대상자들의 몸은 깨끗했다. 그동안 제대로 씻지 못했음에도 부스럼이나 종기의 흔적조차 없었다.

여느 때와 같이 강유진이 아궁이를 만들자 안상혁과 최명석이 솥을 걸었다.

솥이 걸리자 사람들의 움직임이 갑자기 분주해졌다. 각자 주어진 자리에서 식사 준비를 시작한 것이다. 이미 기본적인 설치가 끝난 뒤라 실제로 할 일은 거의 없었지만, 사람들은 놀고먹는다는 인상을 주기 싫어서인지 부지런하게 움직였다.

양동원은 사람들에게서 떨어진 곳에 우두커니 서 있었다. 도울 일도 없거니와 사람들의 곁에 가면 죽는다는 경고 때문이다.

그런 양동원을 보고 있던 안상혁이 강유진에게 물었다.

"형님, 저놈도 먹어야 하지 않습니까?"

"그래야겠지?"

강유진이 복잡한 눈으로 양동원을 바라보았다.

"저놈을 계속 데리고 다닐 수 있겠습니까? 우리에게 가축이 없는 데……."

"그러게…… 그 점을 깊이 생각하지 못했네."

강유진이 인상을 찌푸렸다.

양동원을 데리고 다니는 것은 어렵지 않다. 그러나 그에게 먹일 피가 없다.

한참 만에 강유진이 혼잣말처럼 중얼거렸다.

"여기까지가 한계인가? 아무래도 상관없긴 하지만…… 아! 그렇군. 그게 좋겠어. 안 되면 할 수 없고."

"예? 잘 못 들었습니다."

"아니야, 그냥 갑자기 생각난 게 있어서 말이야. 저 녀석에게 사용할 특별한 기술이 하나 있거든. 그거라면 인간에게 해를 끼치지 못할 거야."

"그런 게 있습니까?"

"응, 사람에게 흡혈을 하지 못하도록 하는 방법이 있어. 써 본 적은 없지만 잘 될 거야."

"그것도 마법 같은 것입니까?"

"비슷해."

강유진이 홀가분한 얼굴로 가볍게 웃어 보였다.

궁하면 통한다더니 그런 방법이 있었다. 왜 진즉 그 방법을 생각하지 못했을까?

곧이어 강유진이 양동원에게 손짓했다.

아까부터 눈치를 살피고 있던 양동원이 기다렸다는 듯 달려 왔다.

"부르셨습니까?"

강유진이 양동원의 눈을 지그시 들여다보며 물었다.

"그래, 배 안 고프냐?"

"아, 아직, 견딜 만합니다."

물론 거짓말이다. 양동원은 허기가 져서 가벼운 현기증까지 날 정도였지만 사실을 말하지 않았다. 배고프다고 했다가 살해당할지도 모른다고 생각했던 것이다.

"아니야, 어제 저녁부터 못 먹었을 테니 배가 많이 고플 거야."

"아, 아닙니다."

말과 달리 양동원의 목울대로 마른침이 꿀꺽 넘어갔다.

그제야 왜 이렇게 어지러운지 이해가 갔다. 어제 저녁부터 먹지 못
한 것이다.

"뭐, 그런 건 중요하지 않으니까 패스(pass). 나하고 한 가지만 약
속하면 지금 보내 주겠다."

"말씀만 하십쇼. 몇 가지라도 다 지키겠습니다."

"어렵지 않아. 잘 듣고 대답해."

"예."

강유진이 양동원의 이마에 엄지손가락을 댔다. 그리고 나직이 말
했다.

"Levi Tes Paratos. 너 양동원은 나에게 인간의 피를 먹지 않겠다
고 약속했다. 그 약속이 너의 자유의지로 결정한 것임을 인정하나?"

"예?"

"묻지 말고 대답해."

"예, 예, 인정합니다."

순간 강유진의 엄지손가락이 양동원의 이마로 쑤욱 박혀 들어갔
다.

양동원은 왠지 섬뜩한 느낌에 고개를 들어 올려 무슨 일이 벌어지고 있는지 확인하려 했다.

그러나 눈동자조차 뜻대로 움직일 수 없었다.

"너의 진실한 대답에 의해 너는 이제 인간의 피를 먹지 못한다. 창조신 엘이 허락한 법칙 속에서 너는 너의 약속을 지켜야 한다. 순종하면 엘은 너의 생명을 보존해 줄 것이다. 그러나 약속을 거역하고 인간의 피를 마시는 순간, 너는 죽을 것이다."

말을 마치자 손가락이 스르륵 밀려 나왔다.

강유진이 손을 뗐다.

양동원의 이마 정중앙에 보리쌀 한 톨만 한 붉은 점이 찍혔다.

"가라."

강유진의 말에 양동원이 제 이마를 쓰다듬으며 되물었다.

"가라고요?"

"그래, 가라. 너는 이제 돌아오지 않아도 된다."

"정말입니까? 그냥 가도 되는 겁니까?"

양동원은 믿어지지 않는지 눈을 끔뻑였다.

강유진이 귀찮다는 듯 손을 휘저으며 다시 말했다.

"우리 주변에 얼쩡거리지 말고 멀리 가라. 다시 만나면 국물도 없다."

"예? 예, 예, 감사합니다."

양동원은 허리를 직각으로 꺾어 인사를 해 보인 후 슬금슬금 뒷걸음질 쳤다. 혹시라도 뒤에서 강유진이나 다른 남자들이 공격을 할까 봐 잔뜩 긴장한 얼굴이었다.

어느 정도 거리가 벌어지자 양동원은 미친 듯이 달아났다.

그런 양동원을 보며 강유진이 어이없다는 듯 중얼거렸다.

"아니, 그냥 보내주는데 뭘 저렇게 달아나?"

"풀어 주는 척하고 죽이려는 줄 알았나 보죠. 영화에서 가끔 그런 장면 나오지 않습니까? 그런데 형님, 방금 녀석의 이마에 형님의 손가락이 들어갔던 것 같은데…… 맞습니까?"

"맞아. 종속(從屬)의 인(印)이라는 기술이다. 손가락까지 들어갔으니 배운 대로 다 됐지만, 솔직히 얼마나 효과가 있는지는 모르겠다."

양동원을 따라다니며 볼 수 있는 게 아니니 모른다는 게 정답이다.

안상혁이 고개를 설레설레 저으며 말했다.

"휴우! 손가락이 그렇게 쑥 들어갔다가 나온 걸 보면…… 잘 되지 않겠습니까? 그런데 정말 약속을 안 지키면 소멸당하게 되나요?"

"아마도 그렇게 될 거다."

"무서운 약속이네요."

잠시 후 최명석이 헐레벌떡 달려왔다. 식사 준비를 돕다가 뒤늦게 양동원이 떠나가는 걸 본 모양이다.

"헉! 헉! 형님, 흡혈귀 녀석 어떻게 된 겁니까?"

"보내줬다."

"예? 데리고 있겠다고 했었잖아요?"

"생각은 그랬는데, 흡혈귀를 걷어 먹일 수가 있어야지. 그래서 보내 주기로 했다."

"아……."

최명석은 좀비 제조 공장이나 다름없는 흡혈귀를 그냥 보낸 게 아쉬운 눈치다.

보다 못해 안상혁이 조금 전에 있었던 일들을 말해 주었다.

그제야 최명석의 표정이 밝아졌다.

"와아! 그럼 그놈은 이제 사람은 건드리지 못하게 된 건가요?"

"그런 셈이지."

안상혁이 고개를 끄덕였다.

물론 자신의 눈으로 본 것은 아니지만 강유진의 말이니 그렇게 될 거라고 믿었다.

한참 좋아하던 최명석이 아쉽다는 듯 말했다.

"근데 어제 좀 그렇게 하지 그랬어요? 밤새 그놈이 신경 쓰여서 한숨도 못 잤는데."

"그랬냐?"

강유진은 왠지 미안했다.

그 말을 듣고 보니 최명석의 얼굴이 피로로 찌들어 보였다. 그 옆에 있는 안상혁의 얼굴도 그랬다.

'아차……'

순간 강유진은 흡혈귀를 대함에 있어 자신과 다른 사람들의 처지가 다르다는 것을 깨달았다. 지난밤은 양동원이 흡혈귀라는 사실을 아는 사람들 대부분에게 불편한 밤이었을 것이다. 그리고 보면 자신은 호랑이를 양 떼 옆에 재운 셈이다.

"미안하게 됐다. 어제는 그런 방법이 떠오르지 않았거든. 조금 전에야 겨우 생각이 나서 시도해 본 거다. 처음 해 본 거라 결과도 장담할 수 없다만."

"괜찮아요. 살다 보면 하룻밤 꼴딱 샐 수도 있죠. 그게 대순가요."

"얼굴은 영 불편해 보이는데?"

"형님, 이건 그냥 누적된 생활의 피로입니다. 그나저나 서울이 고민이네요."

"서울?"

"지금쯤 흡혈귀들이 서울에도 스며들었을 거 아닙니까? 경찰이 있는 것도 아니고, 무슨 일이 벌어져도 손을 쓸 수가 없잖아요."

서울에 가족들을 두고 온 최명석은 마음이 편치 않아 보였다.

"흡혈귀에 좀비에…… 이거 진짜 할리우드 좀비 영화처럼 막장 세상이 돼버렸네요. 가족들을 데리고 나올 걸 그랬나. 걱정 되네……."

최명석이 답답하다는 표정으로 서울이 있음 직한 방향을 바라보았다.

서울을 떠날 때만 해도 강유진의 그룹이 이렇게 안전하고 풍요로울지 몰랐다. 그때만 해도 이 그룹은 생존을 보장할 수 없는 선발대의 개념이 강했다. 물론 한두 차례 위기도 겪었다. 그러나 그건 흡혈귀와 좀비로 들끓게 될 서울과 비교할 수 없다.

안상혁은 그런 최명석을 안타까운 시선으로 바라보았다.

자신도 가족이 있지만 혁명에 뛰어들면서 연락을 끊었다. 어느 날인가 은밀하게 집을 찾아가 본 적이 있다. 그러나 모두 피난을 떠났는지 비어 있었다. 그 뒤로 단 한 번도 가족의 소식을 들은 적이 없다. 자신뿐 아니라 혁명군 대부분이 그랬다. 남겨진 가족들의 신변 보호를 위해 드러내 놓고 찾지 못한 것도 있지만, 대부분의 경우 가족들이 혁명군과의 연을 끊었다.

오늘따라 그렇게 연이 끊어진 가족들의 얼굴이 떠올랐다. 가슴 한 구석에 구멍이 뻥 뚫린 기분이다. 자신도 이런데 정이 많은 최명석은 오죽할까?

그러나 지금 서울로 되돌아가자고 할 수는 없다. 오고 가는 길에 어떤 위험이 도사리고 있을지 모른다. 강유진과 함께 했음에도 여기까지 오는 동안 많은 사람이 목숨을 잃었다. 그 길을 다시 돌아간다는 것은 위험도 위험이지만, 죽은 사람들에 대한 예의가 아니다.

'게다가 결정적으로 식량도 부족하다.'

지금의 식량 사정으로는 곡식을 수확할 때까지 버티기도 어렵다. 그런 이유로 "돌아갈까?"라는 소리는 빈말이라도 하기 어려웠다.

최명석이 돌아가자는 말을 꺼내지 못하는 것도 그런 이유에서일 게다.

안상혁은 슬그머니 시선을 돌렸다.

"빨리 정착지를 찾자. 그 뒤에 함께 모시러 가면 되잖냐."

강유진의 위로에 최명석이 고개를 끄덕였다.

누가 봐도 지금으로서는 그것이 최선이다. 최명석은 이를 악물고 속으로 중얼거렸다.

'어머니, 아버지, 모시러 갈 때까지 건강하십쇼. 연희야, 너도 무사해라.'

최명석은 눈을 들어 회색 빛깔의 하늘을 올려다보았다.

불과 몇 년 사이에 전쟁으로 세계가 몰락하는가 싶더니 이제는 인간의 생존마저 위협받고 있다. 이렇게 되기까지 어떤 예고도 징조도 없었다. 말 그대로 자다가 날벼락을 맞은 것처럼 모든 것은 일시에 몰아닥쳤다. 설상가상(雪上加霜)으로, 이제는 소설이나 영화에 등장하던 흡혈귀와 좀비까지 나타났다.

'하아! 이제는 소혹성이 떨어져 지구가 박살 날 위기에 처해진다

고 해도 놀라지 않겠어……'

정말이다.

인간이 상상할 수 있는 최악의 시나리오가 자신의 눈앞에 펼쳐지고 있었다.

이 끝에는 무엇이 기다리고 있을까?

인간의 멸종?

아니면 새로운 희망?

그게 무엇이든 최명석은 끝까지 살아남아 자신의 두 눈으로 확인하고야 말겠다고 다짐했다.

절망이든, 희망이든, 혹은 그 어떤 다른 것이든 말이다.

                *   *   *

"하아! 하아! 주소에 의하면 이 산 위입니다."

산을 오르는 내내 "헉헉"대던 최명석이 잠시 멈춰 섰다. 설명을 하기 위한 것처럼 보였지만 아무리 봐도 쉬었다가 가자는 얼굴이다.

리어카를 끄는 남자들 가운데 선발된 사십 대 후반의 김대식은 털썩 주저앉았다.

김대식이 앉자 기다렸다는 듯 최명석도 엉덩이를 붙였다.

산 몇 번지라는 주소는 별 의미가 없게 된 지 오래다. 모두가 초행

길인 탓도 있지만, 그동안 쌓인 눈으로 부대의 위치조차 가늠할 수 없었다. 별수 없이 다소 무식하지만 주변을 샅샅이 뒤지며 올랐다. 덕분에 체력의 소모는 이루 말할 수가 없을 지경이다.

유일하게 지치지 않은 강유진이 주변을 둘러보며 말했다.

"거의 다 온 것 같다."

넋 놓고 앉아서 쉬던 최명석이 반색을 하며 물었다.

"정말요?"

"그래, 저쪽 계곡 아래에 보이는 눈덩이가 어째 임시 막사의 지붕 같다."

"아흐! 그럼 우리가 부대를 지나쳐 올라온 겁니까?"

"어, 아주 조금 지나친 것 같기는 한데…… 그래도 헛고생은 아니다. 이 정도 높이까지 올라왔으니 보였지, 안 그랬으면 더 헤맬 뻔했다."

"하아! 그렇다면 다행이네요. 이제 고생 끝 행복 시작인 건가요?"

최명석이 안도의 한숨을 길게 내쉬었다.

처음 입산할 때만 해도 온통 흰 눈밖에 보이지 않아 막막했다. 주소를 아는 것 자체가 의미 없는 상황이었다. 근처에 집도 없고, 길도 보이지 않아 주소가 무용지물(無用之物)이었던 것이다. 그래서 다소 무식한 방법이지만 나선형으로 돌며 산을 올랐다. 물론 강유진이 앞장서 길을 열었지만, 뒤따르는 것도 쉽지 않았다.

안상혁을 대신해서 수색조에 선발된 김대식이 조심스럽게 입을 열었다.

"휴우~ 그런데 정말 그곳에 식료품이 있을까요? 군인들이 가만 두지 않았을 것 같은데……. 우리나라 군바리들 쪼잔한 거 유별나지 않습니까? 쌀 한 포대, 주스 한 통, 기름 한 말도 귀신처럼 빼돌리던데…… 목숨 같은 전투식량이 아직 남아 있겠습니까?"

최명석이 어색한 표정으로 답했다.

"어…… 저는 남았을 거라는 데 한 표 던지고 싶습니다. 옛날 군대는 군수품을 빼돌렸지만…… 시대가 다르니까요. 그렇지 않습니까? 형님?"

"그래, 21세기의 군인 정신을 믿어 보자고. 내가 군대 생활 할 때까지만 해도 부식을 빼돌리긴 하던데…… 설마 계속 그러지는 않겠지."

"아, 형님! 불안하게 왜 그런 말씀을 하십니까?"

"나라고 꽝이길 바라겠냐? 기대가 크면 실망도 큰 법이니까 미리 말해 두는 거야. 군수창고가 비었더라도 너무 실망하지 말라고."

잠시 한담을 나누며 쉬던 세 사람은 다시 일어나 목표를 향해 전진했다.

그렇게 30분쯤 지났을까?

위병소로 보이는 두 개의 눈 기둥을 지나자 제법 넓은 평지가 니

왔다.

"연병장이다!"

최명석의 입에서 탄성이 흘러나왔다.

눈에 뒤덮여 있었지만 그곳은 누가 봐도 연병장이었다.

이곳이 군부대라는 확신이 들자 세 사람은 흩어져서 군수창고를 찾기 시작했다.

그러나 연병장을 중심으로 건물을 다 뒤졌지만 원하는 창고는 보이지 않았다. 군수용품을 적재한 창고를 찾았지만 그곳에 식료품은 없었다.

"하아! 없나? 하긴⋯⋯."

몇 년이 지났는데 지금까지 남아 있을 리가 없다.

국기 게양대 앞에 망연자실한 표정으로 앉아 있던 최명석의 귓가로 김대식의 음성이 들려 왔다.

"여기 이거 포장도로 같은데, 산으로 뚫렸네요?"

김대식이 콘센트 막사 뒤편을 가리켜 보였다.

제4화

인생의 겨울

강유진과 최명석은 김대식이 발견한 길을 따라 올라갔다.

산사(山寺)로 연결된 아스팔트 길을 따라가는 느낌이다. 그러나 군부대와 사찰을 연결하는 길 따위는 없다.

10분쯤 전진하자 절벽이 막아섰다.

길은 암벽 앞에서 끝이 났다.

"심봤다—아—."

갑자기 최명석이 두 팔을 번쩍 쳐들고 소리쳤다.

최명석의 두 팔 사이로 거대한 철문이 보였다.

디지털 도어락으로 닫혀 있는 강철의 문.

그건 누가 봐도 사람의 손을 타지 않은 처녀지였다.

김대식이 강철 문을 살펴보고는 덩달아 호들갑을 떨었다.

"와아! 이거 아주 특별해 보입니다! 우리가 찾던 창고 같은데요!"

가만 보니 암벽에 있는 동굴을 확장해 창고를 만든 것 같다. 북한 군처럼 굴을 파서 창고를 만들다니? 부대장의 정신세계가 독특하다 는 생각이 든다.

최명석은 디지털 도어락의 커버를 열었다.

그리고 4개의 숫자를 눌렀다.

삐삐삐삐—

경보음이 울렸다.

"뭘 누른 거냐?"

강유진의 물음에 최명석이 머리를 긁적이며 답했다.

"저희 집 현관 비밀번호요."

"……."

멍한 얼굴로 보고 있던 김대식이 최명석에게 다가갔다.

"비밀번호는 안 적혀 있던가요?"

김대식도 최명석이 군수창고 주소지 목록을 가지고 있다는 것을 알고 있었다. 김대식은 당연히 그 주소에 도어락의 비밀번호도 기재 되어 있을 거라고 생각했다. 보통의 창고라면 그냥 부술 수 있으니 굳이 열쇠가 없어도 상관없다. 그러나 이런 식의 강철 문은 반드시 도어락의 비밀번호를 알아야 열 수 있다.

"예, 주소뿐입니다."

그래도 최명석은 절망한 얼굴이 아니다. 옆에 강유진이 있기 때문이다. 그래서 최명석은 될 대로 되라는 식으로 아무렇게나 눌러댔다.

삐삐삐삐—

삐삐삐삐—

계속해서 경보음이 울려댔다.

몇 번 시도해 본 최명석이 김대식에게 시선을 돌렸다.

"한번 눌러 보시렵니까?"

"제가요? 저는 암호 해독이나 번호 맞추기 이런 거 잘 못합니다."

김대식이 몸을 뒤로 뺐다.

그로서는 암울한 상황에서 장난이나 치고 있는 최명석이 도무지 이해가 가지 않았다.

"형님, 한번 시도해 보시렵니까?"

강유진은 최명석의 악동 같은 눈빛에 피식 웃을 수밖에 없었다.

"쯧쯧! 명석아, 문을 여는 게 중요한 게 아니라, 저 문 뒤에 뭐가 있느냐가 중요한 거야. 알지?"

"에이, 또 바람 빼신다. 필(feel)이 옵니다. 필이. 있어요. 저를 믿어 주세요. 진짜 고생 끝 행복 시작입니다."

최명석의 근거 없는 자신감에 강유진은 반박할 수가 없었다.

강유진은 언제나 현상을 삐따한 눈으로 보는 회의주의자가 아니다. 오히려 성향상 그는 최명석과 같은 낙천주의자라고 할 수 있었다. 비운의 가족사와 초고대문명으로 얻게 된 능력으로 진중한 모습을 많이 보이게 된 것뿐이다. 그런 이유로 강유진이 안상혁보다 최명석에게 더 친근감을 느끼는 것도 사실이다.

"하하, 너의 그 필을 믿어 주마."

말과 함께 강유진이 메고 온 가방에서 주섬주섬 뭔가를 꺼냈다.

부탄가스와 토치였다.

강유진은 태연하게 부탄가스에 토치를 연결하고는 강철 문 앞에 섰다.

그리고 토치의 점화 버튼을 눌렀다.

"파이어!"

강유진의 외침과 함께 토치에서 파란 불꽃이 쏟아져 나왔다.

파란 불꽃은 이내 하얗게 변해 갔다.

그렇게 5분쯤 지났을까?

도어락을 중심으로 지름 15센티 정도 되는 구멍이 뚫리기 시작했다.

시간이 지나도 토치의 불꽃은 사그라지지 않았고, 구멍은 점점 더 크기를 늘렸다.

김대식은 홀린 듯한 눈으로 끊임없이 불을 뿜어내고 있는 토치를 바라보았다. 분명히 부탄가스와 연결된 토치다.

'그런데 부탄가스 한 통으로 두께가 20센티는 되어 보이는 강철 문을 녹일 수 있나?'

전쟁 전에 그런 기사를 본 적이 없다.

그러나 자신의 눈앞에서 그런 일이 벌어지고 있었다.

"정말 대단한 토치네요?"

김대식의 말에 최명석이 고개를 끄덕였다.

"저거 분명 한국산입니다. 중국산으로는 저런 화력이 나올 수가 없어요."

"그런데 부탄가스 한 통으로 저런 화력이 정말 가능한가요?"

최명석이 천연덕스럽게 답했다.

"선택과 집중이라고 들어 보셨습니까?"

"예."

김대식이 고개를 주억거렸다.

대입 시험이 국가적인 행사가 된 지 오래인 한국에서 선택과 집중이라는 말을 모르면 간첩이다.

"부탄가스 앞에 달린 저 토치를 잘 만든 겁니다. 특수한 기술이 첨가된 거겠지요. 강 선생님 주변에 박사님들이 많으니까."

"아!"

김대식의 입에서 탄성이 들려왔다.

확실히 강 선생님이라는 저 남자의 주변에는 유명 과학자가 있다. 한때 한국의 미래라는 소리를 듣던 임지연 박사만 해도 그렇다.

'임지연 박사님이 만들어 준 모양이구나!'

김대식은 토치에서 눈을 떼지 못했다. 저런 거 하나만 있어도 인생이 달라질 거 같다는 생각이 든다.

잠시 후 강유진이 토치의 불을 껐다.

그리고 부탄가스와 토치를 다시 가방에 챙겨 넣었다. 가방에서 그것들을 꺼내어 사용하고 다시 넣을 때까지 10분 정도의 시간이 소요됐다.

"수고하셨습니다."

최명석이 다가와 인사를 하고는 발로 강철 문을 힘껏 걷어찼다.

덜커덩.

육중한 소리와 함께 문이 열렸다.

안으로 들어간 최명석의 입에서 환호성이 터져 나왔다.

"형님! 대박입니다! 진짜 고생 끝 행복 시작입니다!"

열린 문틈으로 창고 안쪽을 살피던 김대식의 입이 쩍 벌어졌다.

거대한 창고 안은 전투식량으로 꽉 차 있었다.

최명석이 안쪽으로 들어가며 품목을 불러댔다.

"이야! 건빵도 있네! 이건 쇠고기 비빔밥? 전부가 불 없이 데워 준다는 최신식들이네! 와아! 근데 이거 어떻게 다 가져가냐?"

최명석이 돌아서서 강유진을 바라보았다.

"형님, 이거 너무 많은데요? 우리가 아무리 퍼 가도 흔적도 안남을 것 같아요. 그렇다고 두고 갈 수도 없고…… 진짜 고민 되네?"

강유진도 서둘러 안으로 들어갔다.

"허어! 진짜 많네."

"이거 다 어떻게 하죠?"

뒤따라 들어선 김대식의 입에서 비명에 가까운 탄성이 쏟아져 나왔다.

"우와아아아! 이게 다 뭡니까? 살았다! 살았어! 대한민국 만세!"

거의 습관적으로 쏟아져 나온 대한민국 만세 소리다.

최명석의 입가에 씁쓰름한 미소가 떠올랐다.

'정말 대한민국이 만세였으면 이곳에서 이럴 일도 없었을 텐데……'

어느새 김대식은 미친 사람처럼 음식 상자 사이를 뛰어다니며 어린아이처럼 좋아하고 있다. 그 모습을 보고 있자니 유쾌하면서도 서글펐다.

*　　　*　　　*

일단 세 사람은 각각 한 박스의 상자를 들고 가기로 했다. 애초에 그들의 역할도 식량의 유무를 확인하는 것이었다. 욕심을 부린다고 한 번에 다 가져갈 수 있는 상황도 아니다. 그러기에는 창고의 규모와 그 속에 보존된 식품이 너무 많았다.

하산(下山) 길은 김대식이 앞장서고 최명석이 그 뒤를 따랐다.

마지막으로 남아 있던 강유진이 슬쩍 돌아서 손을 뻗었다.

"클레베스."

강유진의 나지막한 부름에 응답하듯 지축이 흔들렸다.

그리고 지면이 솟아올라 창고의 입구를 막았다.

강유진의 얼굴에 만족한 미소가 떠올랐다.

중장비를 동원해서 며칠간 공사를 해야 입구를 발견할 수 있을 것이다. 하지만 기름이 사라진 지 오래인 세상이니 그건 불가능하다.

"뭐, 확실한 게 좋으니까."

중얼거리던 강유진이 창고를 떠났다.

멀리서 들짐승의 울음소리가 메아리처럼 울려 왔다.

대낮인데도 소름 끼치도록 무서웠다.

아우우우―

우우―

"산짐승이 있나 보네요?"

김대식이 불안한 얼굴로 멈춰 섰다.

"그러게요. 용케 죽지 않고 살아가고 있나 본데요?"

"무기도 없는데…… 괜찮을까요?"

김대식은 들짐승의 습격을 받을까 봐 걱정인 눈치다.

"에이! 괜찮아요. 아무리 굶주렸어도 한국의 야산 아닙니까? 있어 봤자 주인 잃은 개들일 텐데…… 시베리아나 설원의 늑대와는 종자가 달라요. 신경 쓸 것 없습니다."

"그래도 소리가 너무 지랄 맞아서."

"좀 그렇긴 하네요."

그 말에는 최명석도 동의했다.

무슨 개 소리가 영화에서 보던 늑대 소리보다 더 거칠고 끈적했다.

"명석아, 신경 쓰지 말고 그냥 가. 어차피 우리가 부대로 돌아가는 시간이 더 빨라."

"그렇겠죠? 그런데 지금까지 한 번도 들개 떼는 만난 적이 없는데, 왜 여기는 저런 게 있죠? 신기하네……."

혼잣말처럼 중얼거리며 최명석이 걸음을 옮겼다.

잔뜩 굳어 있던 김대식도 다시 움직이기 시작했다.

"산에 먹을 게 좀 있었나 보지."

"산에요? 이런 산에 뭐 먹을 게 있다고요?"

"그거야 개들 사정이고. 뭐든 먹었으니 저렇게 무리 지어 다니는 거 아니겠냐? 소리 점점 커진다. 빨리 가기나 하자."

강유진의 말에 김대식의 몸놀림이 빨라졌다.

김대식은 "헉헉!"거리면서 기계적으로 다리를 놀렸다.

들짐승의 소리에 쫓겨 머리에 인 박스의 무게를 느낄 틈도 없었다.

한편 최명석은 강유진을 믿고 있는 터라 김대식처럼 가슴이 콩닥거리지는 않았다. 하지만 선두와의 거리를 유지하기 위해 젖 먹던 힘까지 짜내야 했다.

강유진도 일행을 보호하기 위해 잔뜩 신경을 곤두세우고 있었다.

그러다 보니 들짐승에게 쫓겨 달아나는 상황이 연출되었지만, 강유진이나 최명석은 미처 그런 데까지는 생각하지 못했다.

두 사람이 느끼는 긴장은 선두의 김대식에게 고스란히 전달되었다.

위기 상황이라고 판단한 김대식은 필사적으로 변해갔다.

빠른 걸음이 뜀걸음으로 바뀌었고, 그런 그를 따라잡기 위해 최명석과 강유진은 무진 애를 써야 했다.

"헉! 헉! 헉! 헉!"

아우우우—

기괴하게 울부짖는 들짐승의 소리가 이 산 저 산에 울려 퍼졌다.

"헉! 헉!"

김대식은 지체되면 죽는다는 믿음으로 달렸다.

그의 노력은 헛되지 않아 세 사람은 들짐승을 만나기 전에 부대로 돌아갈 수 있었다.

부대에 도착한 김대식은 CP(Command Post)로 사용하던 조립식 건물 앞에서 대자로 뻗어 버렸다.

강유진은 연병장이 내려다보이는 CP 건물에 안상혁과 자칭 여성 대표들—임지연, 김미연, 박미나—을 불러 모았다. 앞으로의 일정을 상의하기 위해서다.

"그러니까, 이곳에 어마어마한 전투식량이 보관되어 있다는 거죠?"

일행 중에 성격이 가장 활달한 박미나가 먼저 입을 열었다.

"예. 너무 많아서, 처치가 곤란할 정도니까."

최명석이 웃으며 박미나에게 고개를 끄덕여 보였다.

어제의 일 이후로 두 사람은 공인된 커플이 되었다. 그래서 그런지 주고받는 눈길이 누가 봐도 애틋했다.

"좀 그렇겠네요? 다 짊어지고 갈 수 없을 정도면……."

"행복한 고민이네요……."

김미연이 중얼거렸다.

얼마 전까지만 해도 먹을 걸 찾아 고민했는데, 지금은 너무 많아 고민이란다.

"그런데 양이 어느 정도나 되는데?"

안상혁의 물음에 최명석이 한참 생각하다가 답했다.

"형님, 대충 오십 명이 백 년은 먹을 수 있을 것 같던데요?"

"워우! 그 정도야?"

"그냥 얼핏 볼 때 그래요. 계산은 정확하게 안 해 봤지만."

"그럼 고민할 것도 없네. 형님, 여기 정착하죠."

안상혁이 강유진에게 시선을 돌렸다.

"여기에?"

"예, 식량이 그렇게 많다면…… 굳이 우리가 다른 곳으로 이동할 이유가 없지 않겠습니까? 우리가 찾는 곳은 경치가 좋은 데가 아닙니다. 식량 사정이 개선될 여지가 있는 곳을 찾아다니고 있는데, 그 식량이 여기 있다면 굳이 멀리 갈 것도 없죠."

"네 말도 일리는 있지만, 장기적으로 농사를 지어야 하니까…… 땅을 좀 조사해 보고 결정하도록 하자."

"땅요?"

"그래, 군부대가 장기 주둔하다 보면 유류나 기타 폐기물이 유출될 수가 있거든. 그런 곳에서 농사를 지을 수는 없잖냐?"

"아, 그런 문제도 있었네요. 그럼 땅을 좀 둘러보시고 괜찮다 싶으면 정착하는 것으로 하죠. 땅이 영 아니다 싶으면 자리를 먼저 잡고 식량을 조금씩 옮기는 것으로……. 물론 그것도 쉬운 일은 아니지만……."

안상혁이 뒷말을 흐렸다.

사실 어디에 자리를 잡든 이곳의 식량을 옮기는 문제는 결코 쉬운 일이 아니었다. 강도단의 습격도 받을 수 있고, 창고 자체를 털릴 수도 있다.

"상혁이는 여기에 정착하고 싶어 하는 것 같은데, 특별한 이유가 있냐?"

강유진은 그게 궁금했다.

평소 안상혁은 까탈스럽기로 유명하다. 그런 안상혁이 단순히 거대 규모의 식량 창고를 발견했다는 이유로 정착하자고 할까?

안상혁은 기다렸다는 듯 자신의 생각을 말했다.

"여기가 군부대니까요."

"응?"

가만히 듣고 있던 최명석이 고개를 갸웃거렸다.

강유진은 여기가 군부대 자리라 난색을 표하는데, 안상혁은 군부대라서 좋단다.

"앞으로는 흡혈귀와 좀비들이 날뛰는 시대가 될 거 아닙니까? 그 깃들만큼이나 강도단도 극성을 부릴 거고요. 우리의 서주 구역을 지키기 위해서 군부대 자리보다 더 좋은 환경은 없습니다. 기본적으로 산들이 병풍처럼 두르고 있고, 외부와 통하는 곳은 철조망으로 잘 막혀 있습니다. 초소만 몇 개 가동하면 우리가 자리 잡고 사는 데 큰 지장이 없을 것 같습니다."

"……."

일행들은 안상혁의 말에 자신들이 처한 현실을 한 번 더 생각했다. 따지고 보면 그들은 모두 외부의 위험에 무방비 상태였다.

안상혁의 말은 계속됐다.

"서울에 한번 다녀와야 하지 않습니까? 그게 아니더라도 형님이 거주지를 떠나야 할 일이 몇 번은 발생할 겁니다. 그럴 때 거주지를 우리가 스스로 지켜야 하는데…… 군부대 자리보다 더 좋은 곳은 없습니다. 이곳은 특히나 외부에 노출이 되지 않은 곳이라…… 안성맞춤이라고 할 수 있습니다. 땅의 오염만 심하지 않다면 말입니다."

"……."

사람들이 하나둘씩 고개를 끄덕였다.

확실히 지킨다는 개념을 염두에 두면 군부대 자리보다 더 좋은 곳도 드물다.

"이곳에는 사용할 수 있는 빈 건물도 제법 많습니다. 그 건물에서는 박사님들이 생활에 필요한 물건들을 만들어 낼 수도 있고…… 두루두루 좋다고 생각합니다. 땅만…… 쓸 만하다면 말입니다."

안상혁은 땅에 강조점을 두는 것도 잊지 않았다.

만약 땅이 썩었다면 정착은 어림도 없다. 평생 군용 식품을 먹으며 살 수는 없다. 신선한 음식을 섭취해야 건강도 유지되는 것이다.

"제 생각에 땅의 오염은 심하지 않을 것 같습니다."

최명석이 조심스럽게 끼어들었다.

"전쟁 전에 병참 기지 하나가 이전한 일이 있습니다. 이 부대는 그때의 보급 물자들을 임시로 보관하기 위해 지은 것이고요. 비고란에 그렇게 적혀 있었습니다. 그러니 땅이 오염될 시간이 없었을 겁니다. 어디까지나 임시 창고의 성격이니까 말입니다."

"그래? 그렇담 정말 금상첨화(錦上添花)고."

안상혁의 말에 다들 고개를 끄덕였다.

정말 임시 기지였다면 땅도 오염되지 않았을 것이다.

사람들은 한걸음 더 나아가서, 땅이 설사 조금 오염되었다고 해도, 근처에 오염되지 않은 곳을 개발하면 된다고 생각했다.

그런 말은 끝내 박미나의 입에서 나왔다.

"여기 땅이 오염됐으면 얼마나 오염됐겠어요? 근처에 마을이 있는 걸 보면 농사도 지었던 것 같던데. 군부대 근처에도 논밭이 많잖아요? 연병장 파 보고, 안 되겠다 싶으면 부대 옆에 지으면 되죠. 안 그래요?"

시원시원한 박미나의 말에 다들 동감을 표했다.

"그러고 보니 군부대 근처에 논밭이 꽤 많았던 기억이 있어요. 부대가 오염되었으면 가까운 곳을 개간하면 될 것 같은데…… 안 되나요?"

김미연이 강유진과 안상혁을 번갈아 바라보았다.

"흠, 그것도 좋은 방법 같습니다."

사람들의 의견이 정착으로 기울자 강유진도 토를 달지 않았다.

게다가 식량을 가지러 멀리까지 사람을 보내는 것보다 부대 근처에 비닐하우스를 치는 게 더 안전하기도 했다.

"김 박사님이 저를 조금 도와주시면 감사하겠습니다."

강유진이 김미연에게 도움을 청했다.

"제가요?"

"지질학을 공부하셨으니까, 저보다는 땅의 성질이나 상태에 대해 더 잘 아시지 않겠습니까?"

"아, 네, 그런 문제라면…… 해 본 적은 없지만 도울 수는 있을 것 같아요. 농사는 모르겠지만 오염 여부는 제가 잘 알 수 있으니까요."

"네, 그럼 쇠뿔도 단김에 빼랬다고…… 가시죠."

강유진이 CP의 문을 나섰다.

김미연이 옷깃을 단단히 여미고 그 뒤를 따랐다.

밖으로 나간 강유진은 눈에 덮인 연병장을 내려다보며 섰다.

"연병장에 비닐하우스를 치시게요?"

"농사 짓기에는 좋지 않겠습니까? 오염만 되지 않았다면."

게다가 부대 안에 있으니 일하는 사람들의 안전도 도모할 수 있다.

강유진은 연병장의 땅이 괜찮으면 그냥 그곳에 비닐하우스를 칠 생각이었다.

"아, 확실히 부대 안에 있으면 관리는 잘 되겠네요."

희미하게 웃어 보이던 강유진이 손을 슬쩍 휘저었다.

어디선가 광풍이 몰아쳐 와 지면에 쌓여 있던 눈을 한쪽으로 밀어냈다.

"한번 보시죠."

"아!"

멍한 얼굴로 황토색의 대지를 보고 있던 김미연이 황급히 아래로 내려갔다.

김미연은 발로 땅을 몇 번 굴러 보고는 인상을 찡그렸다.

"너무 딱딱해서……."

순간 땅이 갈라지며 아래쪽에 있던 흙들이 솟구쳐 올라왔다.

흙은 여전히 얼어 있었다.

김미연은 얼음덩어리 같은 흙을 한 덩어리 손에 들었다.

그리고 한참 동안 두 손으로 비벼 겨우 가루를 냈다.

"음, 편암(片巖)과 규암(硅巖)이 섞인 평범한 흙이네요. 산을 깎아서 만든 땅이라…… 표토층이 거의 없어서…… 농사가 제대로 될 것 같지는 않은데…… 그래도 오염된 흔적은 안 보이는데요?"

그랬다. 연병장은 갓 밀어낸 땅의 흔적이 고스란히 남아 있었다. 여기저기에 불도저 자국이 있는 것으로 봐서 공사를 하다가 중지한 것 같은 느낌이다.

"표토층이라면 땅거죽을 말하는 건가요?"

"네, 보다시피 그냥 산 한쪽을 밀어서 연병장을 만든 것 같아요."

"그렇군요. 한술에 배부를 생각은 없습니다. 땅거죽을 좀 다져 놓고, 퇴비를 만들어 뿌리면…… 조금씩 농사를 지을 수 있겠죠?"

"그럴 거예요. 개간된 논밭도 결국 그렇게 만들어지는 거니까요."

"몇 군데만 더 살펴보지요."

강유진은 연병장 구석구석을 돌았다.

김미연은 그 뒤를 따라다니며 흙을 부수고, 냄새와 맛까지 봤다.

결론은 같았다.

부대의 땅은 오염과는 거리가 멀었다.

수송부대가 있었음 직한 곳은 연병장에서 동쪽으로 멀리 떨어져 있었는데, 그곳의 땅조차도 갓 밀어낸 흔적이 역력했다. 그곳에는 기름에 오염된 곳도 있었지만, 그 정도가 생각보다 심하지 않았다. 이십여 개의 빈 드럼통을 보고 걱정했던 게 무색할 정도였다.

　간단하게 조사를 마친 강유진은 CP로 돌아갔다.

　그리고 결과를 기다리고 있는 사람들을 향해 짧게 말했다.

　"토양이 지금 당장 농사를 지을 수는 없을 것 같습니다. 그래도 정착지로는 괜찮겠다는 결론을 내렸습니다. 여러분이 동의를 한다면, 이곳에 정착하도록 하겠습니다."

　"좋아요!"

　박미나가 씩씩하게 답했다.

　뒤이어 한 사람씩 "좋아요" 혹은 "좋습니다"를 말했다.

　임지연이 강유진에게 물었다.

　"강 선생님의 생각은 어떠세요? 이곳이 마음에 드세요?"

　"나에게는 어디든 같습니다."

　"에이, 그래도……."

　임지연이 집요하게 물고 늘어졌다.

　그녀는 이왕이면 강유진이 원하는 곳에 정착하기를 바랐다. 그러면 강유진이 그 땅에 애착을 갖게 될지도 모른다고 생각했다. 임지연의 눈에 강유진은 바람과도 같았다. 그에게 방랑벽이 느껴져서가 아니라, 그가 스스로 원하지 않는다면 어디에도 머물지 않을 거라고 느껴서다.

"하하! 마음에 듭니다."

결국 강유진은 두 손을 들고 말았다.

그 뒤로는 일사천리(一瀉千里)였다.

안상혁이 나서서 사람과 구역을 나누고, 각자에게 적절한 임무를 부여했다.

삼십여 명의 노인과 아이들은 숙소의 청소를 맡았다.

안상혁은 내무반 두 개를 남자와 여자의 숙소로 정해 주었다. 난 방과 보호를 고려해 숙소는 더 늘리지 않기로 했다. 삼십여 명이 달라붙자 조립식 건물 두 채는 반나절 만에 말끔해졌다.

사람들은 남자와 여자의 숙소를 구별한 것만으로도 감사해 했다. 사실 마을 회관을 전전하며 혼숙(混宿)하던 때를 생각하면 정착촌은 호텔이나 다름없었다.

그 시간에 열 명의 남자들은 부대 입구를 바리케이드로 막았다. 오갈 사람도 없거니와 자동차도 사라진 세상에서 확 트인 입구는 오히려 위험하니 당연한 조치다.

또 다른 열 명의 남자들은 부대를 한 바퀴 돌면서 방어벽과 철조 망을 재점검했다.

그렇게 숙소와 방어벽을 점검하는 동안 날이 저물었다.

땅거미가 지기 시작하자 사람들은 기대와 긴장 어린 표정으로 식당에 모였다.

식당 특유의 온기와 냄새로 사람들의 표정이 조금씩 풀어졌다.

실내에서의 식사 준비는 노천에서와 달리 아늑하고 풍요로운 기분을 느끼게 한다.

사람들은 전쟁 전의 기분을 만끽하며 살짝 들뜨기 시작했다.

누가 언제 충전했는지 LPG 가스통과 연결된 가스레인지 위로 불꽃이 넘실거렸다. 그 불꽃은 강유진이 만들어 내는 특유의 밝은 오렌지 빛깔이었지만, 사람들은 거기까지는 생각하지 않았다. 어쩌면 그런 불꽃에 익숙해서 무심히 넘긴 것인지도 모른다.

그 위에는 무쇠솥보다 훨씬 가벼운 스테인리스 통이 올려져 있다. 모두가 부대 식당에 남겨져 있던 국솥들이다. 식탁에 놓은 밥그릇도 군용 식판으로 대체되었다.

사람들은 식탁 앞에 옹기종기 모여 앉은 게 믿어지지 않는 눈치였지만, 이내 적응이 된 듯 조심스럽게 웃고 떠들기 시작했다.

강유진이 안상혁의 어깨를 가볍게 두드렸다.

사람들에게 해야 할 말이 있어서다. 오늘부터 남자들은 빠짐없이 불침번을 서야 한다. 벌써 두 사람이 한조가 되어 투입된 상태였다. 게다가 앞으로 남녀 모두 집단 농장에 동원되어야 한다. 이제부터, 어쩌면 죽을 때까지 해야 할 그 일은, 누군가 시켜서 하는 것이 되어서는 안 된다. 그랬다가는 자신은 물론 공동체에도 불행한 결과를 가져올 수 있다. 의식을 각성시키고, 불평불만을 잠재우는 일은 안상혁의 몫이다. 선전 선동이야말로 안상혁의 특별한 기술 중 하나였기 때문이다.

안상혁이 배식 창구 앞에 나가 섰다.

연병장과 숙소 사이의 컨테이너 박스 안에서 경계 근무를 서고 있는 두 사람을 제외한 모두가 식당에 모여 있었다.

"잠시 주목해 주십시오. 이 자리를 빌려 앞으로의 계획에 대해 말씀드리도록 하겠습니다."

안상혁의 말이 떨어지자 식당은 금방 쥐죽은 듯 고요해졌다. 단체로 수련회라도 나왔던 듯 화기애애하던 분위기는 한순간에 사라졌다.

안상혁의 얼굴에 씁쓰름한 미소가 떠올랐다.

안타깝지만 이것이 시대의 현실이다.

달구어진 솥 안에서 국거리가 보글거리는 소리만 간헐적으로 들려 왔다.

"오늘은 우리 모두에게 정착지에서의 첫 번째 날로 기억될 것입니다."

안상혁은 말을 끊고 잠시 침묵했다.

옹기종기 모여 있는 가족들을 보고 있자니 살았는지 죽었는지 모를 가족들이 떠올랐다. 다 잊었다고 생각했지만, 한번 생각해 내자,

좀처럼 떨쳐낼 수 없었다.

"그러나 끝이 아닙니다. 이곳은 완전하지 않습니다. 우리는 농사를 지어야 하고, 가축을 키워야 하며, 추위는 물론 강도단과도 싸워야 합니다. 더 나아가서 흡혈귀와 좀비들의 위험으로부터도 우리를 지켜야 합니다. 우리의 손으로 우리의 가족들……."

가족을 지키기 위해 피를 흘려야 한다는 말을 하려던 안상혁은 목이 메여 멈추고 말았다.

자신의 투쟁은 시작하기도 전에 끝이 났다.

지금까지 누구를 위해, 무엇을 위해 싸웠던가?

정작 자신은 가족의 생사마저도 알 수 없다는 기괴한 현실 앞에서 안상혁은 절망했다.

…….

무거운 침묵이 상당을 덮었다.

식당에 모여 있는 사람들은 묵묵히 다음 말을 기다렸다.

문득 안상혁은 자신이 남들 앞에 나설 자격이 없다고 생각했다. 그야말로 노숙자가 사람들 앞에서 부자되는 법을 강연하는 것과 같다는 생각이 들어서다.

하지만 누군가 그 일을 해야 한다.

가족을 지킨다는 명제 앞에서 가장 실패한 인생이지만 ─실제로 지금까지 안상혁의 삶은 그랬다─ 고개를 수이지 않았다.

이 사람들 앞에서 더 부끄러움을 느끼는 것이 가족들에 대한 속죄라고 생각했다.

"우리에게는 인생의 봄이 있었습니다. 그러나 그때 우리는 그것이 우리에게 주어진…… 아름답고 고마운 시간임을 알지 못했습니다. 그때야말로 미래를 준비할 기회라는 것을 알지 못했습니다. 우리는 그 시절을 방탕하게 보냈습니다. 아무런 준비도 하지 않았습니다. 모든 것을 타인의 손에 맡기고, 미래의 위기에 대한 경고를 흘려들었습니다. 누군가 대신 잘해 줄 것이라는 근거 없는 믿음으로, 방임하는 삶을 살았습니다."

그랬다. 가족들이 이렇게 소중하고 그리울 줄 몰랐다. 모두 다 떠나고 가족만 남게 되는 날이 올 거라는 걸 몰랐다.

가족이라는 울타리 안에서 함께 살아간다는 게 얼마나 완전한 평안인지 알지 못했다.

"그러다가 지금, 우리는 한 사람도 예외 없이 인생의 겨울을 맞이했습니다. 문밖에는 혹독한 추위와 굶주림이 우리를 기다리고 있습니다."

"……"

사람들은 묵묵히 안상혁의 말을 들었다.

안상혁의 자기반성에서 나온 말은 사람들에게 큰 충격으로 다가갔다. 사람들은 이 순간 그들이 인생의 겨울을 맞이했다고 느끼고 있었다. 그리고 이 겨울을 초래한 것이 사실은 인간, 아니, 보다 근본적으로, 자기 자신이라는 것을 알았다.

"우리는 방탕하게 살아온 대가를 치르고 있습니다. 외부의 위험에 대비해 매일 밤 불침번을 서야 하고, 먹고 살기 위해 땀 흘려 노동해야 합니다. 과거에는 해 본 적도 없는 힘들고 고생스러운 일들이 우리를 기다리고 있습니다. 우리는 이 긴 겨울 동안! 살아남기 위해서! 그런 일들을 해내야 합니다."

단지 살아남는다는 게 무슨 의미가 있을까?

말을 하면서도 안상혁은 슬펐다.

"우리 인생에 예고 없이 찾아온 이 겨울을…… 봄을 맞이한 마음으로 보냅시다. 과거에 하지 못한 일들을 지금 합시다. 희망이 없는 혹독한 겨울이지만…… 사실은 잊었던 봄이라고, 놓쳐 버린 계절이라고, 서로에게 말해 줍시다. 그리고 주어진 일에 최선을 다합시다. 남들의 눈치를 보면서 하는 게 아니라, 내가 했어야 할 일을 뒤늦게 하고 있다는, 미안한 마음으로 합시다. 그리고 우리의 자녀들에게는…… 겨울이 아닌 봄을 물려줍시다."

…….

사람들의 메마른 볼 위로 눈물이 주르륵 흘러내렸다.

사람들의 눈에 힘이 들어갔다. 절망에 젖어 있던 가슴속에서 뭔가가 치밀어 올랐다. 그것은 후회와 새로운 결의로 범벅이 된, 감동이었다.

그 뒤 안상혁은 두 명씩 나누어진 조를 불러 주고, 그들에게 맡겨진 성스러운 임무에 대해 말했다.

얼어붙은 연병장을 경작지로 만들기 위해 해야 할 일이 무엇인지, 그리고 누가 그 일을 해야 하는지를 주지시켰다.

그의 감동적인 연설이 끝났을 무렵, 식당에 모여 있던 남녀노소(男女老少)는 전사(戰士)와 협동 농장의 농부로 헌신하고 있는 자신의 모습을 어렵지 않게 떠올릴 수 있었다.

식판을 들고 있던 최명석이 안상혁의 옆으로 다가가 속삭였다.

"이야! 형은 진짜 타고났어. 난 지금 식판 놓고 나가서 보초라도 서고 싶다니까. 나도 이런데 다른 사람은 오죽하겠어?"

부창부수(夫唱婦隨)라고 박미나도 한마디 거들었다.

"나는 얼음을 깨고 씨를 뿌리는 내 모습을 봤어요."

"……."

안상혁이 고개를 설레설레 젓자 김미연이 위로의 말을 건넸다.

"신경 쓰지 마세요. 잘했다고 칭찬하는 거예요."

"괜찮습니다."

안상혁이 아무렇지도 않은 얼굴로 어깨를 으쓱해 보였다.

그런 안상혁의 팔을 강유진이 강하게 움켜쥐며 말했다.

"너의 연설은 마스터의 경지에 올랐다. 좀비도 들으면 삽을 들고 농장 일에 동참하려고 할 거야. 언제 자리 한번 마련해 보자."

"형님, 그건 좀……."

안상혁이 곤혹스러운 표정으로 강유진의 팔을 떨쳐 낼 때다.

탕. 탕.

갑작스럽게 식당 밖에서 총성이 들려 왔다.

곧이어 사납게 짖어대는 짐승의 울음소리가 시끄럽게 울려 퍼졌다.

…….

순간 식당 안에 있던 사람들의 시선이 일제히 강유진에게로 향했다.

강유진이 담담한 표정으로 중얼거렸다.

"쯧! 낮에 짖어대던 놈들이 친구들을 다 끌고 온 건가…… 경계를 서고 있던 사람들이 총을 쏜 것 같은데, 지금은 내가 혼자 나가서 상황을 좀 살펴보마."

강유진은 안상혁과 최명석이 휴식을 취할 수 있게 하려고 혼자 가 보겠다고 선수를 쳤다. 지난 며칠 동안 두 사람이 제대로 쉬지 못한 것을 아는 까닭이다.

방벽을 담당했던 최명석이 머리를 긁적이며 변명처럼 말했다.

"분명히 낮에 철책을 다 확인했는데……. 개구멍이라도 뚫렸나?"

"아니, 정문의 바리케이드를 타고 넘어왔을 거다. 알다시피 네발 달린 짐승들이 넘나들지 못할 정도는 아니었지 않나?"

안상혁은 들개들이 바리케이드를 타고 넘어왔을 거라고 생각했다. 곡괭이로도 깨기 어려운 땅을 개가 무슨 수로 판단 말인가?

강유진도 안상혁과 같은 생각이었다.

"내가 봐도 개구멍은 아닌 것 같다. 어쨌든 두 사람은 사람들을 건물 밖으로 나가지 못하게 해라. 이참에 몇 마리 잡아서 몸보신도 좀 해야겠다. 먼저들 먹고 있어라. 곧 돌아오마."

"와우! 그 말로만 듣던 개고기 파티인가요?"

최명석이 기대된다는 듯 호들갑을 떨었다.

"너 애견인(愛犬人) 아니었냐?"

"그건 배부를 때 얘기고요."

"하긴 너는 배고프면 가죽 벨트라도 씹어 먹을 녀석이니까……."

말과 함께 강유진이 들고 있던 식판을 최명석에게 맡겼다.

그러자 임지연과 강하연은 강유진에게 빨리 다녀오라는 듯 손을 흔들었다.

모녀(母女)처럼 다정한 두 사람에게 미소를 지어 보인 후 강유진은 문 쪽으로 걸어갔다.

제5화

———

집으로

멀어져 가는 강유진의 뒷모습을 보며 최명석이 중얼거렸다.

"에이, 벨트를 어떻게 먹는다고……. 그나저나 정말 쉴 새 없이 몰아쳐 오는구나. 무슨 해변가의 파도도 아니고…… 한시도 잠잠할 틈이 없네……."

"그러게 말이다. 우리도 이런데 다른 생존자들은 또 어떨까? 상상도 되지 않는다."

"……."

다른 생존자라는 말에 최명석이 굳은 얼굴로 말했다.

"아! 형님, 저 내일쯤 서울로 출발할 생각입니다."

"서울?"

안상혁이 아무렇지도 않은 얼굴로 최명석을 바라보았다.

겉과 달리 마음은 무겁기만 하다. 그가 서울에 가려는 이유는 가족들을 데려오기 위해서일 것이다. 이 시대의 여행에는 목숨을 걸어야 한다. 사람을 잡아먹는 강도단은 물론 흡혈귀까지 들끓는 세상이다. 그럼에도 안상혁은 최대한 담담한 표정을 유지했다.

위험한 세상일수록 가족을 구원하고 싶은 마음도 커져간다.

인간의 위대한 본성일까? 아니면 위험도 불사하는 이기심의 발로일까?

어느 쪽이든 가족을 버린 자신은 죄인 중에 죄인이다.

"네, 정착할 곳이 정해졌으니 가족들을 모시고 오려고요. 서울에 있는 사람들에게도 세계불멸협회의 실체를 빨리 알려 줘야 하잖아요."

"그건 맞는 말인데, 설마 혼자 갈 생각이냐?"

"예."

"조금 위험한데……."

조금이 아니다. 매우 위험하다.

안상혁은 식당 안에 있는 남자들을 둘러보았다.

힘을 쓸 수 있는 남자는 열 명 남짓.

강유진이 함께한다고 해도 정착지를 지키기에 부족한 인원이다.

게다가 아무나 보냈다가는 오히려 짐이 될 수가 있다.

경험이 많은 남자가 필요하다.

'나처럼……'

문득 가족들의 소식이 궁금해졌다.

경기도를 관통하다 보면 혹시 소식을 듣게 되지 않을까?

어쩌면 서울에 있을지도 모른다.

"여기 일은 어느 정도 정리되었으니까, 나하고 같이 가자."

"에? 형님요? 괜찮겠어요?"

최명석이 놀란 눈으로 안상혁을 바라보았다.

물론 안상혁과 함께라면 든든하다. 강유진을 제외한다면 가장 든든한 사람이 그였다. 뛰어난 상황 판단력과 싸움 실력까지 발군이다.

"여기야 형님이 계신데 뭐가 걱정이냐?"

"아뇨, 여기 말고. 형님이 무리를 하는 게 아닌가 싶어서. 딱히 서울에 갈 일이 없잖아요?"

"오가는 길에 가족들 소식을 들을 수 있을까 해서. 서울에 있을지도 모르고."

"그야 그렇겠지만……."

"가만히 있으면 아무 일도 일어나지 않지 않냐? 나라도 움직여 줘야 1%라도 희망이 있는 거니까."

헛수고로 끝날 수 있다. 안상혁은 그렇게라도 가족에 대한 의무를 다하고 싶었다.

"형님이 함께 간다면 저야 고맙죠. 형님도 가족들 소식을 들을 수 있기를 바랍니다. 이왕이면 찾아서 함께 모셨으면 좋겠네요."

"그래."

한편 식당을 나선 강유진은 컨테이너 초소로 달려갔다.

그러는 동안에 총성은 완전히 멎었다.

컨테이너에 도착한 강유진이 눈을 찡그렸다.

쇠창살로 창문이 막힌 컨테이너 안에서 오십 대 남자가 소리를 질러 대고 있었다.

그런 그의 맞은편에서 이십여 마리의 들개들이 머리를 맞대고 뭔가를 열심히 뜯어먹고 있다.

경계는 이인 일조다.

강유진은 단숨에 상황을 알아차렸다.

어떤 일로 한 사람이 컨테이너 밖에 나갔을 때 들개들이 떼로 덤벼든 모양이다.

"아저씨, 진정하세요."

강유진은 컨테이너 밖으로 튀어나와 있는 총열을 움켜잡았다.

뜨거웠지만 견딜 만했다.

강유진의 얼굴을 확인한 남자는 그제야 흥분을 가라앉혔다.

"서, 선생님, 저 개새끼들이…… 개새끼들이……."

남자는 차마 말을 하지 못하겠는지 "개새끼들이"라는 말만 반복했다.

강유진이 돌아섰다.

새로운 먹잇감이 나타났다는 것을 알아차린 십여 마리의 들개들이 낮게 으르렁거리며 다가왔다.

나머지 십여 마리는 죽은 개와 사람의 잔해에서 떨어지지 않았다.

들개들의 으르렁거리는 소리 사이로 쩝쩝거리는 소리가 쉬지 않고 들려 왔다.

강유진이 착잡한 눈으로 개들을 바라보았다.

주인을 잃고 야생에 적응된 개들이었다.

종류도 다양하고, 어떤 개는 아직 목줄까지 차고 있다.

강유진이 손을 뻗었다.

그리고 허공을 움켜잡았다.

순간 "으득" 소리와 함께 개의 목이 돌아가는가 싶더니 옆으로 "픽" 하고 쓰러졌다.

이상한 낌새를 눈치챘는지 열심히 먹고 있던 나머지 개들이 고개를 처들었다.

개들이 꼬리를 말고 낮게 그르렁거렸다.

강유진의 눈이 그중 한 마리에게로 향했다.

목줄이 있는 하얀 진돗개다.

배가 잔뜩 부푼 것을 보니 새끼를 가진 모양이다.

잠시 머뭇거리던 강유진의 손이 다시 허공을 움켜잡았다.

한순간 새끼를 가진 진돗개를 제외한 모든 개들의 목이 돌아갔다.

약속이라도 한 듯 개들이 쓰러졌다.

홀로 남겨진 개는 공포에 사로잡힌 듯 끙끙거리며 안절부절못했다.

강유진이 진돗개에게 성큼성큼 걸어갔다.

그리고 개의 뒷덜미를 잡아갔다.

"크르릉!"

발악이라도 하듯 개가 강유진의 손을 물었다.

그러나 이미 정령 클레베스의 힘으로 강화된 피부는 강철보다 딱딱했다.

빠가각.

뭔가 뭉그러지는 소리와 함께 개가 입을 뗐다.

부러진 어금니의 일부가 아래로 "툭" 하고 떨어져 내렸다.

강유진은 개의 입가에 묻은 털 조각을 보고 안도의 한숨을 내쉬었다.

그래도 죽은 개를 먹던 중이었던 모양이다. 이전에 무엇을 먹고 살았는지는 관심이 없다. 지금 사람을 먹지 않았다고 생각하니 부담이 줄었다.

"너 이놈 새끼……. 운이 좋은 줄 알아라. 뱃속의 새끼만 아니었으면 너도 작살났을 거다."

끼끼.

강유진의 손아귀에 턱이 잡힌 개는 저항할 의지를 잃고 신음만 흘렸다.

강유진은 개를 안고 주변을 살폈다.

마침 멀지 않은 곳에 나뒹굴고 있는 전선 뭉치가 보였다. 가설병들이 사용하는 야전선 뭉치다.

강유진은 그중 깨끗한 뭉치 하나를 풀어 개의 목줄에 묶었다.

그리고 컨테이너의 뒤편에 고정시켰다.

어느 틈에 나와 구경하고 있던 오십 대 남자, 이정섭이 조심스럽게 물었다.

"저어, 선생님, 그 개를 기르시게요?"

"예, 새끼를 밴 것 같아서요."

"그래도 어미가 사람을 먹었을지 모르는데……."

"사람도 개를 먹잖아요."

"아…… 그런가요……."

이정섭이 고개를 갸웃거렸다.

강유진이 만족스러운 얼굴로 개를 내려다보며 말했다.

"일단 지켜보죠. 새끼들이 똑똑하고 말 잘 들으면 키우고, 아님 다 잡아먹죠, 뭐."

"허허! 그러는 게 좋겠습니다."

이정섭은 강유진이 특별한 애정으로 개를 거둔 게 아니라는 걸 알고 웃었다.

확실히 그에게는 남다른 가치관이 있다. 그것은 평범한 듯 비범해서 존경하지 않을 수가 없다.

할 일을 마친 강유진이 이정섭에게 물었다.

"그런데 어떻게 된 일입니까? 경계 중에는 컨테이너 밖으로 나가지 말라고 했을 텐데요?"

오늘은 특히나 주의를 주었다.

정착지에서의 첫날이기도 하지만, 낮에 개 떼들에게 쫓긴 기억이 있어서다.

"사실은 박 씨가 갑자기 똥이 마렵다고……."

"쯧! 쯧!"

"그때까지만 해도 근처에서 아무 소리도 들리지 않아서…… 박 씨도 저도 잠깐이면 괜찮겠다고 생각했었습니다. 그런데 갑자기 벼락처럼 들이닥쳐서…… 손쓸 틈도 없이…… 그렇게 된 겁니다."

"내일 바리케이드를 보강해서 개가 넘지 못하게 하겠습니다. 그래도 경계 중에는 절대 컨테이너 밖으로 나가지 마세요. 아셨죠?"

"예, 예, 나가래도 못 나가겠습니다."

"잠시 혼자 들어가 계세요. 혹시 모르니까 주변을 돌아보고, 돌아가서 조치를 취해드리겠습니다."

"예, 예."

이정섭은 연신 머리를 숙였다.

지금까지 그가 한 기적 같은 일들을 생각하면 이렇게 대화를 나누는 것도 영광이다.

수고하시라는 말을 남기고 강유진이 떠났다.

이정섭은 재빨리 컨테이너로 들어가 문을 잠갔다.

그리고 화로 위로 손바닥을 올리고 비벼댔다.

"어허! 진짜 춥다! 추워!"

만약 화로가 없었다면 컨테이너 안에서 동태가 됐을 것이다.

화로 안에는 자갈 모양의 조개탄이 가득했다. 이걸 조개탄이라고 생각한 건 빨갛게 불타고 있기 때문이다. 덕분에 추위도 견딜 수 있었다.

손바닥을 비비던 이정섭이 고개를 갸웃거렸다.

"거참, 아무리 봐도 생긴 건 그냥 자갈인데…… 잘도 탄다."

이걸 누가 만든 거라면 정말 예술이라고 하지 않을 수가 없다. 천연 자갈 모양의 조개탄이라니!

*　　　*　　　*

그날 밤 안상혁과 최명석은 강유진에게 자신들의 서울행에 대해 말했다.

위험하기 그지없는 계획이지만 강유진은 반대하지 않았다. 어차피 누군가 서울에 가서 흡혈귀에 대한 경고를 해 줘야 하는 상황이었다.

"그나저나 여기서 나를 도와줄 사람이 필요한데……. 누구 적당한 사람 있냐?"

강유진의 물음에 안상혁이 답했다.

"한 사람 생각해 둔 사람이 있습니다."

"누구?"

"손재형 씨요."

"아, 그 총상 환자?"

"예, 지금은 돌아다녀도 될 정도로 회복됐습니다. 나이도 40대 중반이라 적당하고, 손재주도 많은 것 같으니 곁에 두고 쓰시기 좋을 겁니다."

"40대 중반이 적당한 거냐?"

30대 후반인 강유진은 살짝 부담스러운 표정이다.

"형님, 우리 정착지에서 40대 중반이면 청년입니다. 여기 평균 연령이 50이에요."

듣고 있던 최명석이 끼어들었다.

"형님, 젊은 사람 원하시면 우리 미나 씨 데려다 쓰세요."

"됐다. 여자들은 자기들끼리 무슨 부녀회를 만들었다고 하더라. 여기가 무슨 아파트도 아닌데 부녀회가 다 뭐냐? 아흐! 여자들이란!"

말과 함께 강유진이 몸을 가볍게 떨었다.

세 사람은 그 뒤로도 오랫동안 가벼운 농담을 주고받았다.

목숨을 건 여행이라는 걸 알기에 마지막이 될지도 모르는 순간을 즐기고 있는 것인지도 모른다.

자리가 파할 무렵 최명석이 궁금하다는 듯 물었다.

"그런데 형님, 임 박사님과 언제 합치실 생각이에요?"

"뭘 합쳐?"

강유진은 알면서도 모른 척 되물었다.

"에이! 아시면서 능청은. 하연이가 잘 따르고 있잖아요. 이제 슬슬 합치셔도 될 것 같던데."

"그러는 너는 왜 안 합치는데?"

강유진의 반격에 최명석이 얼굴을 붉히며 말했다.

"아니, 형님. 우리 같은 처녀 총각이 합치고 말고 할 게 뭐가 있습니까? 우리는 지금 아주 잘 지내고 있습니다."

어차피 결혼이라는 제도와 의식은 사라졌다. 그러니 최명석의 말대로 그냥저냥 어울려 살아가는 게 당연한 모습인지도 모른다.

"인마! 그렇게 말하면 나도 마찬가지야. 우리도 잘 지내고 있다고."

"물론 형님이야 잘 지내고 있다고 생각하겠지요. 그런데 임 박사님 쪽에서 어정쩡하다고 느낄 수도 있잖아요?"

안상혁도 그런 최명석의 말에 동의했다.

"그건 명석이 말이 맞을 수도 있습니다. 임 박사님도 그렇지만, 하연이를 위해서도 임 박사님의 위치가 보다 명확해지는 게 좋을 것 같지 않습니까?"

두 사람이 밀어붙이자 강유진도 본심을 털어 놨다.

"쩝, 그렇지 않아도 기회를 보고 있는 중이다. 그런데 부녀회다 뭐다 하며 우르르 몰려다니는 통에 따로 말 붙일 시간이 없더라."

"쯧! 여자들이란……."

"진짜, 우선순위가 뭔지 잘 모르더라고요."

안상혁과 최명석이 혀를 찼다.

강유진이 그런 두 사람을 부드러운 눈으로 바라보았다.

"무사히 돌아와라. 원하는 걸 보게 될 거다."

"예. 기대하겠습니다."

"저도요."

세 사람은 서로를 보며 웃었다.

강유진은 안상혁과 최명석의 어깨를 한 차례씩 두드렸다.

말로 할 수 없을 만큼 아쉽다. 그러나 지금은 달리 해 줄 수 있는 게 없었다.

"누가 괴롭히면 와서 일러라. 처절하게 응징해 주마."

"아! 참! 형님도, 우리가 애들입니까?"

최명석이 고개를 설레설레 저었다.

하지만 안상혁은 진지한 얼굴로 대답했다.

"예, 꼭 와서 이르겠습니다."

"헐! 형님, 애들처럼 뭘 일러요? 그냥 제가 다 해결해 드릴게요! 제가 누굽니까? 이제는 전설이 된 국정원의 마지막 현장요원 아닙니까?"

"그래, 너는 남아서 해결해라. 나는 와서 이를 테니까."

"그건 좀 아닌 것 같고요."

안상혁과 최명석이 있지도 않은 일로 티격태격하기 시작했다.

강유진은 두 사람의 얼굴을 보며 저런 평화가 오래도록 지속되기를 바랐다.

＊　　　＊　　　＊

날이 밝자 안상혁과 최명석은 정착지의 사람들에게 인사를 했다.

김미연과 박미나와의 작별도 어렵지 않았다. 지난밤에 충분히 동의를 구한 까닭이다.

강유진은 두 사람을 꽤나 먼 곳까지 배웅했다. 안상혁의 다소 과장된 작별 인사에 의하면 거의 서울까지 가는 거리의 절반이었다.

두 사람과 헤어져 정착지로 돌아가는 강유진의 표정은 어두웠다.

자칭 신인류라 칭하는 흡혈귀들만 아니라면 두 사람이 어디 가서 맞아 죽을 일은 없다. 그러나 문제는 인간의 능력을 뛰어넘은 흡혈귀들이다.

인간에게 종양과 같은 그들이 대체 어디까지 퍼져 있을까?

두 사람이 흡혈귀와 강도단을 피해 무사히 정착지로 귀환할 수 있을까?

모른다.

언제부터인가 인간은 존엄함을 잃었다.

사람들은 동족을 쉽게 죽이고, 심지어 먹기도 한다.

그런 세상으로 저 두 사람은 나아가고 있는 것이다. 가족을 구하겠다는 일념으로 말이다.

문득 전처의 얼굴이 떠올랐다.

그녀를 서울에 그대로 둔 것은 잘한 일일까?

강유진은 머리를 흔들어 잡념을 떨쳐냈다.

지금은 두 사람의 말처럼 자신에게 주어진 가족들을 잘 돌보아야 할 때다.

"늦었지만 프로포즈라도 해야 하려나……."

비록 결혼이라는 제도는 사라졌지만 임지연은 기뻐할 것이다.

강유진이 이런저런 상상을 하는 동안 멀리 바리케이드가 보였다.

어느새 정착지로 돌아온 것이다.

겉보기에는 추레하고 을씨년스러운 모습이지만 그래도 '정착지'라고 마음이 푸근해진다.

'이런 게 집인가…….'

과거의 주택들에 비하면 창고나 다름없지만 왠지 쉬고 싶은 기분이 들게 만든다.

       *   *   *

한 남자가 비칠거리는 걸음으로 도시에 들어섰다.

술에 취하기라도 한 듯 남자의 걸음은 휘청거렸다. 그러나 자세히 보면 취한 게 아니라 거의 빈사 상태여서 그렇다는 걸 알 수 있다.

흐릿한 달빛에 얼굴이 언뜻 드러났다.

다 죽어가는 몰골의 사내는, 불멸의 신인류답지 않게, 양동원이었다.

위태롭게 건물의 외벽을 짚고 숨을 돌리던 양동원의 눈에서 한순간 강렬한 빛이 번득였다.

"크흐흐흑! 겨우 여기까지 죽지 않고 왔구나. 이제 살았다. 살았어……. 씨발, 한 방울도 마시지 못했다고……."

물론 물이 아니라 피를 말하는 거다.

강유진의 마수에서 벗어난 뒤로 사흘 내내 쥐새끼 한 마리 발견하지 못했다.

양동원은 정말 체면 다 내던지고 쥐새끼라도 물어뜯고 싶었다. 그러나 얼어붙은 땅에서는 쥐새끼도 사치였다.

신인류는 물도 소화시키지 못한다.

오직 피.

단 한 모금의 피만 있었어도 이렇게 다 죽어가지는 않았을 것이다.

그런데 어찌 된 일인지 사흘 내내 인간은커녕 쥐새끼도 만나지 못했다. 그 득시글거린다는 강도들도 못 봤다. 이 정도면 정말 운이 지지리도 없는 거다.

"씨발, 그래도 다 끝났다."

무려 사람들이 떼를 지어 살고 있는 도시에 왔다! 아무리 세상이 망해 인구가 줄었어도, 도시는 도시다. 농어촌의 물자가 도시에 집약되어 있다는 건 국민적인 상식이다. 농촌 출신인 자신은 안다. 쌀을 재배하는 농부들도 농협에 가서 쌀을 사 먹는다.

생산된 물자는 일단 도시에 모였다가, 사방으로 흩어진다. 고로 농사를 짓지 않는 도시가 농어촌보다 먹을 게 많다. 국가가 몰락한 지금도 여전히 그렇다. 비상시를 대비한 비축분 때문이다. 농촌에 있는 거라고 해 봐야 씨앗이 전부다. 하지만 씨앗을 먹는 농부는 없다.

고맙게도 도시는 다르다. 도시에는 씨앗의 개념이 없다. 도시의 비축 물자는 모두 소비를 위한 것이다. 그래서 도시에는 사람이 많다. 먹을 게 많으니 사람이 계속 모여든다. 먹을 걸 쟁취할 능력이 있든 없든 사람들은 일단 도시로 간다. 도시에 가야 음식을 구경이라도 할 수 있기 때문이다.

물론 자신과 같은 신인류에게 도시는 뷔페다.

문득 인간의 피를 먹지 말라던 강유진의 경고가 떠올랐다.

"씨발놈, 너는 음식 안 먹고 살 수 있냐? 내가 하지 못할 짓은 남에게도 강요하면 안 돼. 공자님이 그랬다고. 알겠냐? 씨발놈아!"

혼자서 욕을 늘어놓던 양동원은 코를 벌렁거렸다.

어디선가 짙은 체향이 맡아졌다.

사흘을 굶어서 그런지 너무도 강렬했다.

양동원은 냄새를 향해 쿵쿵거리며 이동했다.

상대가 누구든 사양하지 않을 생각이다. 평소 입맛이 까다로운 편이었지만, 지금은 남녀노소 미추(美醜)를 따질 때가 아니었다. 조금만 더 이대로 있다가는 혈관이 들러붙어서 죽을 것 같았다. 양심상의 이유로 흡혈을 거부하다가 죽은 사람의 이야기를 들은 적이 있다. 그의 혈관이 바싹 말라붙어 있었다고 했다.

'그렇게 죽을 수는 없지…….'

벽을 더듬어 나가던 양동원이 멈춘 곳은 쓰레기 더미가 산처럼 쌓인 곳이었다. 도시 전체가 쓰레기로 넘쳤지만 그곳은 유독 심했다.

"읍!"

냄새를 따라가던 양동원이 신경질적으로 고개를 돌렸다.

시체들이 무더기로 버려져 있었다.

양동원이 맡은 것은 갓 버려진 시체들의 냄새였던 것이다.

양동원은 연신 침을 뱉으며 그 자리를 벗어났다.

죽은 인간의 피는 신인류에게 독이나 마찬가지다. 먹는 순간부터 몸은 썩기 시작한다. 잘 보관된 혈액 팩을 먹어도 마찬가지다. 신인류가 ─웃기지도 않은 도시락 법까지 만들어 가면서 말이다!─ 살아 있는 인간의 몸에서 피를 얻으려는 것도 그런 이유에서다.

쓰레기장을 벗어난 양동원은 이름도 알 수 없는 도시를 배회하기 시작했다.

그 뒤로 한 시간이나 지났을까?

마침내 양동원은 살아 있는 남자를 발견할 수 있었다.

김태식은 지난 며칠 동안 변변한 음식을 먹지 못했다. 먹는 건고사하고 본 적도 없다. 그러다 보니 요즘은 가끔 '미친 척하고 시골로 가볼까?' 하는 생각을 하기도 한다. 그러나 모든 건 생각뿐이다. 김태식은 도시에 길이 든 인간인지라, 도시를 떠난다는 것은 상상에서나 가능한 일이었다.

도시에는 김태식과 같은 사람이 많았다. 그들은 김태식처럼 하루 종일 먹거리를 찾아 거리를 떠돌았다. 그들이 영화 속의 좀비와 다른 점은 가끔 쓰레기통 같은 걸 뒤진다는 점이다. 그러나 가련하게도 그들은 쓰레기통 속에서 아무것도 얻지 못한다. 누구도 남아서 버리는 음식이 없기 때문이다.

김태식의 손이 쓰레기 더미를 뒤졌다.

역시나 이번에도 허탕이다.

"하아!"

음식물 쓰레기라는 말은 화석화(化石化)된 언어다.

그걸 알면서도 음식물을 얻을 만한 다른 길이 없는 탓에 자꾸 손발이 쓰레기 더미로만 간다.

김태식은 쓰레기를 놓고 돌아섰다.

맞은편에서 누군가 다가왔다.

경계심이 일어났다.

'누구지? 요즘 인육이 은밀하게 거래된다던데…….'

하지만 다 죽어가는 상대의 모습을 보니 긴장이 살짝 풀어진다. 미라처럼 바싹 마른 상대의 얼굴을 보고 있자니 동정심까지 일어난다.

저 사람은 자신보다 열 배는 더 굶은 것 같았다.

상대를 두어 걸음 앞에 두고 김태식은 혀를 찼다.

'쯧! 오늘을 못 넘기고 죽겠군.'

그때 죽어가던 남자가 얼굴을 들었다.

술에 잔뜩 취한 사람처럼 남자의 눈이 붉게 충혈되어 보였다.

그 붉은 눈과 마주치자마자 김태식의 얼굴에서 일절 표정이 사라졌다.

…….

양동원이 남자를 향해 부드럽게 손짓했다.

굳어 있던 김태식이 느릿느릿 움직여 양동원의 앞에 섰다.

양동원은 눈앞에 보이는 남자의 팔을 잡았다. 그리고 손등까지 덮여 있는 두툼한 옷가지를 힘들게 팔 위쪽으로 밀어 올렸다.

곧이어 비루먹은 남자의 보드라운 손목이 드러났다.

양동원의 날카로운 손톱이 남자의 손목을 파고들었다.

살이 찢어지며 붉은 피가 옹달샘처럼 솟아올랐다.

"감사히 먹겠습니다."

너무도 감미로운 향기에 양동원은 생전 처음으로 감사 인사까지 했다.

"……."

그러나 어찌 된 일인지 양동원은 잘 차려진 식사에 선뜻 입을 대지 못하고 있었다.

심지어 따뜻한 피를 앞에 두고 학질에 걸린 사람처럼 덜덜 떨기까지 했다.

"뭐, 뭐지?"

양동원은 자신의 몸이 일으키고 있는 반응에 놀라 말까지 더듬었다.

신인류는 공통적으로 생존 본능이 발달되어 있다. 그러다 보니 인간의 피를 먹는 건 물론, 도시락법이라는 것을 만드는 해괴한 짓까지 거부감 없이 한다. 그들에게 있어 가장 중요한 것은 먹어야 하는 것과 먹지 말아야 하는 것을 스스로 알아가는 것이다.

억지로 사내의 팔에 입을 들이대려던 양동원은 벼락이라도 맞은 듯 뻣뻣하게 굳었다.

'죽는다?'

순간 갑자기 까맣게 잊고 있던 강유진이라는 남자의 말과 행동이 선명하게 떠올랐다.

"Levi Tes Paratos. 너 양동원은 나에게 인간의 피를 먹지 않겠다고 약속했다. 그 약속이 너의 자유의지로 결정한 것임을 인정하나?"

"예?"

"묻지 말고 대답해."

"예, 예, 인정합니다."

그때 이마로 뭔가가 밀려들어 왔다.

그게 뭔지 확인하려 했지만 웬일인지 조금도 움직일 수 없었다.

"너의 진실한 대답에 의해 너는 이제 인간의 피를 먹지 못한다. 창조신 엘이 허락한 법칙 속에서 너는 너의 약속을 지켜야 한다. 순종하면 엘은 너의 생명을 보존해 줄 것이다. 그러나 약속을 거역하고 인간의 피를 마시는 순간, 너는 죽을 것이다."

그때만 해도 웬 개가 풀을 뜯어먹는 소린가 했다.

그런데 지금 피를 앞에 둔 양동원은 확연히 알 수 있었다. 자신에게 인간의 피는 '죽은 자의 피'와 같은 금기가 되고 말았다는 것을.

다시 한 번 사내의 팔에 입을 들이댔다.

건성으로 해 본 행동이지만 심장은 불길한 신호를 보내왔다.

양동원은 눈을 감고 입에 고인 침을 삼켰다.

강유진과의 기이한 약속을 시험해 보고 싶은 마음은 들지 않았다. 그가 보통의 인간이었다면 약속 따위는 신경도 쓰지 않았을 것이다. 그러나 그의 초인적인 능력을 아는 지금, 아무리 배가 고파도 심장이 보내는 불길한 경고를 받아들일 수밖에 없었다.

"하아! 씨발……. 미치겠구나……."

양동원의 중얼거림이 끝나기가 무섭게 한 남자가 유령처럼 나타났다.

"형제님, 음식을 앞에 두고 미치면 됩니까?"

"……."

이젠 놀랄 기력도 없는 양동원이 천천히 뒤를 돌아보았다.

멸망한 시대와 어울리지 않게 깔끔하고 단정한 옷차림의 남자가 어둠을 배경으로 서 있다.

양동원은 그가 자신을 알아봤듯, 단번에 그가 누구인지 알 수 있었다. 역시나 그는 신인류였다.

갑작스러운 신인류의 등장에 양동원은 당황했다.

"아, 안녕하십니까? 칸 락 님의 축복을 받은 양동원입니다."

"아하! 저도 같은 복을 받은 이세찬입니다."

양동원의 표정이 조금 풀어졌다.

같은 복을 받았다는 걸 보면 상대도 신인류로 진화하기만 한 모양이다.

이세찬도 그런 양동원의 표정을 놓치지 않았다.

"그쪽도 저와 같은가 보네요?"

"예, 저도 그냥 딱 거기까지만이었습니다."

"하하, 저도 그렇습니다. 누구는 그 이상도 되던데, 기준을 모르겠더라고요."

상대도 같은 고민을 했던 모양이다. 그거야말로 신인류 평민들
이 느끼는 애환이다.

양동원은 저도 모르게 피식 웃고 말았다.

"그건 그렇죠. 그런데 여기는 무슨 일로?"

말과 함께 양동원은 이세찬을 유심히 살폈다. 이제 이십 대 초
반의 그는 외견상 성격이 좋아 보였다. 그러나 양동원은 안심하
지 않았다. 신인류는 매일 살아 있는 인간의 살을 갈라 그 피를 먹
는다. 겉보기에 아무리 선해 보여도 그의 정신세계는 야수인 것이
다.

"나한테 무슨 유감 있습니까?"

갑자기 이세찬이 시비조로 되물었다.

양동원은 무슨 영문인지 몰라 눈만 끔뻑거렸다.

생전 처음 보는 사이에 유감이라니?

"네? 그게 무슨 말인지?"

너무 뜻밖의 말이라 양동원은 자신이 잘못 들은 줄 알았다.

이세찬이 또박또박 다시 말했다.

"나한테 무슨 유감 있냐고 물었습니다."

"아니요, 전혀요. 왜 그러십니까?"

이세찬의 표정이 냉랭해서 가뜩이나 체력이 고갈된 양동원은

무섭기까지 했다.

"그게 아니라면 왜 내 도시락에 손을 댑니까?"

"헉!"

깜짝 놀란 양동원은 재빨리 남자, 도시락에게서 물러났다.

"실례했습니다. 이 지역에 처음 와서 사정을 몰랐습니다. 다른 분의 도시락인 줄 알았다면, 절대 손대지 않았을 겁니다."

이세찬이 성큼 다가와 남자의 팔을 움켜잡았다.

"아무리 배가 고파도 남의 우유에 함부로 빨대를 꼽으면 안 됩니다. 순혈, 진혈의 축복을 받은 분들도 존중해 주는 규칙인데……."

"정말 모르고 그랬습니다. 미안합니다."

제6화

독
과
꿀

양동원은 비굴해 보일 정도로 굽실거렸다. 말싸움이든 몸싸움
이든 할 만한 체력이 아니라고 생각해서 꼬리를 내린 것이다.

그런 양동원의 태도에 마음이 풀어진 이세찬은 남자의 손목을
입으로 가져갔다.

꿀꺽. 꿀꺽. 꿀꺽.

이세찬의 목울대가 쉬지 않고 오르내리며 경쾌한 소리를 냈다.

양동원은 이세찬의 뒤통수와 한쪽으로 삐져나온 사내의 손에서
눈을 떼지 못했다.

신선한 피 냄새가 주위로 번져 나갔다.

인간보다 후각이 수백 배 발달된 양동원에게 그것은 끔찍한 고

문이었다.

양동원은 덜덜 떨며 저도 모르게 한 걸음 다가갔다.

굶주림에 지친 양동원은 제정신이 아니었다.

한창 흡혈에 열중하던 이세찬의 귀가 쫑긋거렸다. 다가오는 양동원의 발소리를 들은 것이다.

불쾌해진 이세찬은 남자의 손목에서 잠시 입을 뗐다.

그리고 손등으로 피에 젖어 있는 자신의 입술을 슥 닦았다.

식사 중인 걸 봤으면 알아서 물러나 줘야 하는데, 양동원이라는 덜떨어진 놈은 오히려 더 가까이 다가왔다.

이제는 귓가로 거친 숨소리까지 들렸다.

'이런 정신 나간 새끼.'

신인류라고 대우해 주었더니 같이 먹자는 기세다.

힐끗 돌아보니 침을 질질 흘리며 남자의 손목에서 눈을 떼지 못하고 있다.

"가라고 새끼야!"

왈칵 짜증이 난 이세찬은 손등으로 양동원의 얼굴을 후려쳤다.

퍽.

이세찬이나 양동원은 능력이 비슷한 신인류다.

때리면 당연히 맞겠지만, 맞으면서도 양동원은 본능적으로 상대의 손을 잡았다.

순간 이세찬의 손등에 묻은 피가 양동원을 자극했다.

그 즉시 양동원의 눈이 빨갛게 달아올랐다.

곧이어 양동원은 개처럼 이세찬의 손등을 핥았다.

"뭐야! 이 변태 새끼!"

화가 난 이세찬은 양동원을 떼어 내려고 했다.

그러나 피 냄새에 이성을 상실한, 그것도 잔뜩 굶주린 신인류를 떼어 내기란 쉬운 일이 아니었다.

그때다. 이세찬이나 양동원 모두가 상상하지도 않았던 일이 일어났다.

이성을 잃은 양동원이 실랑이 도중에 그만 이세찬의 손등을 물어버린 것이다.

"악! 너! 뭐야!"

쩝! 쩝!

양동원은 집요하게 달라붙어 피를 빨아 댔다.

"어? 어? 어……."

일단 피를 빨리기 시작하자 이세찬은 힘을 쓰지 못했다. 그리고 신인류의 도시락이 된 인간들처럼 무기력하게 늘어졌다.

꿀꺽. 꿀꺽. 꿀꺽.

목울대로 피 넘어가는 소리가 규칙적으로 들려 왔다.

양동원은 배가 불러서야 이세찬에게서 떨어졌다.

그제야 인간 하나와 미라(mirra)처럼 말라 죽은 이세찬의 모습이 눈에 들어왔다.

"으헉! 씨발! 뭐야? 지금 내가 무슨 짓을 한 거야?"

양동원은 두 손으로 자신의 머리카락을 쥐어뜯었다.

신인류에게는 여러 종류의 규칙이 있다. 모두가 그때그때 필요에 의해 만들어진 것들이다. 그러나 칸 락이 세운 두 가지 절대강령(絕代綱領) 만큼은 예외다. 그중 하나가 "신인류의 피를 먹지 말라"는 것이었다. 지혜의 전승에 의하면 신인류에게 '신인류의 피'는 '죽은 자의 피'와 같다. 그래서 먹으면 피가 마르고 온몸이 썩어 들어가 마침내 죽게 된다.

불건전하고 반인륜적인 시도를 원천적으로 막기 위해 세계불멸협회는 신인류끼리의 살생을 금지했다. 그리고 만약 신인류가 다른 신인류의 생명을 빼앗으면 반드시 죽였다. 사실상 세계불멸협회가 하는 가장 크고 중요한 일은 신인류의 보호와 복수라고 해도 과언이 아니었다.

만약 신인류 간에 살인 사건이 일어나면, 세계불멸협회의 관리자들—그들은 모두 진혈의 축복을 받은 사람들이다—이 살인자를 끝까지 추적하여 소멸시켰다.

그래서 신인류는 계급의 고하에 관계없이 피차간에 다투려 하지 않았다. 실수로 상대가 죽기라도 하면 자신도 반드시 죽는다는 걸 알기 때문이다.

그런데 자신은 칸 락과 세계불멸협회가 정한 최고의 금기를 모두 어겼다.

이세찬의 피를 먹었고, 그를 죽게 했다.

"이봐! 이봐! 눈 떠 봐!"

양동원은 이세찬의 뺨을 세게 때렸다.

하지만 숨이 끊어진 이세찬은 눈을 뜨지 않았다.

오히려 양동원의 손바닥 힘에 이세찬의 말라비틀어진 머리가 툭 하고 떨어져 버렸다.

"헉! 왜 이래 이거!"

양동원은 비명을 지르며 이세찬의 몸에서 떨어졌다.

머리가 분리되다니?

놀란 눈으로 자신의 두 손바닥을 살폈다.

다르다.

굶주림을 면해서 다르다고 느낀 게 아니다.

꼬집어 말하기 어렵지만, 전보다 더 단단해진 느낌이다.

"설마, 신인류의 피를 먹고 강해진 건가……."

죽은 자의 피를 먹은 것처럼 피가 마르고 썩어 죽는다고 했는데, 몸에는 활력이 넘쳤다. 지금이야 별 차이가 없는 것 같지만, 죽지 않고 더 좋아지는 게 확실하다면 사정이 달라진다. 언젠가 순혈이나 진혈의 축복을 받은 자들과 어깨를 나란히 하게 될 날이 올 수도 있다.

양동원은 5분 정도 더 움직이지 않고 자신의 몸을 살폈다.

신인류가 된 뒤로도 몇 번인가 습관적으로 음식물을 삼킨 적이 있다. 음식물은 위장에 내려갔다가 곧바로 치밀어 올라왔다. 신인류의 몸은 물 한 방울조차 받아들이지 못했다.

그런데 지금은 한참이나 지났는데도 토한다거나 아픈 느낌이 없다.

오히려 몸은 힘으로 충만했고, 기분까지 점점 좋아졌다.

술이나 마약을 복용하면 이런 기분일까?

이 기분을 유지할 수 있다면 신인류가 아니라 그보다 더한 것이라도……

거기까지 생각하자 괜히 웃음이 나온다.

칸 락은 전래 동화에 나오는 훈장 선생님을 흉내 냈다. 훈장 선생님은 아이들이 자기 몰래 꿀을 훔쳐 먹을까 봐 독이라고 속였다. 칸 락도 신인류의 피가 마약처럼 자극적이라는 걸 알고 독이라고 속였다. 그러나 아이들은 꿀을 훔쳐 먹었고, 자신도 신인류의 피를 마셨다.

"백 명쯤 먹으면 순혈의 축복과 같게 될지도 모르지……"

순혈의 축복이라니!

상상만 해도 가슴이 뛴다.

"모 아니면 도인데, 도전해 볼까?"

어차피 진혈의 일족들이 오늘의 일을 알게 되면 자신은 죽은 목숨이다.

이래도 죽고 저래도 죽는다면 한번 모험을 강행해 봐도 되지 않을까?

최하급의 신인류에 불과하지만 자신은 있었다.

자신보다 뛰어난 신체 능력을 가지고 있던 이세찬이다. 그러나 그런 그도 자신이 그의 피를 마신 순간, 보통의 인간들처럼 도시락이 되고 말았다.

어떻게 그런 일이 가능한지는 모른다.

어차피 불멸의 과정도 이해하기 어렵기는 마찬가지가 아니던가!

중요한 건, 먼저 이빨을 박아 넣는 사람이 살아남는다는 것이다.

그 기괴한 관계는 신인류와 도시락의 그것보다 더 극단적이다. 주인은 더 강해지고, 종은 빈껍데기만 남기고 사라지니 말이다.

물론 경험상 그랬다는 거지 확실한 건 아니다.

하지만 마음은 이미 "그렇다"는 쪽으로 기울어 있었다.

'쯧! 도시락보다 못한 신인류라니…….'

양동원은 이세찬의 허망한 최후를 떠올리며 혀를 찼다.

죽은 듯 누워 있던 남자가 슬그머니 고개를 들어 올렸다.

다행히 아무도 보이지 않았다.

남자는 일순 안도의 한숨을 내쉬었다.

그러다 문득 소매를 걷어 올리니 2센티가량 찢어진 상처 자국
이 보였다.

"으으, 진짜 물렸던 건가……."

지금까지의 일이 꿈이 아니라고 생각하니 소름이 오싹 돋았다.

정신이 돌아올 무렵, "신인류의 피를 먹고 강해졌다"고 중얼거
리던 남자의 소리를 들었다. 그 말에 놀라서 숨도 크게 쉬지 못했
다.

그렇게 죽은 듯 눈을 감고 있을 때다.

갑자기 불쾌하면서도 낯선 기억이 물밀 듯 밀려들었다.

이십 대 남자에게 피를 빨리고 있는 자신의 모습이 보였다.

놈은 시도 때도 없이 찾아와 자신의 목덜미와 팔에 구멍을
내고 피를 마셨다.

최근 몽유병에 걸린 것 같다는 소리를 들었는데, 사실은 그보다

더 끔찍한 일을 당하고 있었던 것이다.

사슴이나 소에게 하듯 자신의 몸에서 피를 빼 먹었다고 생각하자 두려움 속에서도 분노가 치밀어 올랐다.

하지만 남아 있는 또 다른 흡혈귀에 대한 공포로 계속 시체 흉내를 냈다.

그렇게 당했지만 남자는 아직 실감이 나지 않았다. 과거에도 흡혈귀 흉내를 내며 피를 마시는 변태들이 종종 언론 매체에 기사로 나온 적이 있었다.

자신도 그런 변태들에게 당한 것인지 모른다.

"하여튼 말세야 말세……."

남자가 중얼거리며 자리에서 일어났다.

그러다가 무심코 옆으로 시선을 돌렸다. 옆에 시체가 있으니 자연스럽게 보게 된 것이다.

"헉!"

남자의 입이 쩍하고 벌어졌다. 시체라고 생각했던 것은, 기억 속에서 자신을 괴롭혔던 흡혈귀였다. 비록 그때보다 말랐지만, 이목구비는 틀림없는 그였다.

"뭐가 어떻게 돌아가고 있는 거야?"

자세한 내막은 모르겠지만 자신은 살았다.

가슴을 쓸어내리며 시체를 바라보던 남자는 이내 어둠 속으로 사라져 갔다.

* * *

옛 지명 서울특별시 강동구 둔촌동.

한때 사람들로 들끓었지만 지금은 하얀 눈밭 위에 부서진 빌딩의 잔해만 보일 뿐이다. 사람들이 만들어 내던 소음 대신 바람 소리만 쉬지 않고 들려 왔다.

그 많던 사람들이 모두 떠난 것일까?

하지만 반파된 것으로 보이는 몇 개의 빌딩 속을 들여다보면 사정은 달라진다.

포탄에 비껴 맞았는지 제법 멀쩡해 보이는 건물들마다 사람들로 북적거리고 있었다.

강동구는 물론 그 인근에 거주하던 사람들과 경기도 일대를 유랑하던 사람들이 살 만하다는 소문에 몰려든 탓이다.

현재 서울에서 어설프게나마 도시의 기능을 유지하고 있는 곳은 강남과 용산 그리고 둔촌동뿐이다. 강남에는 물자가 풍부한 재건정부가 있고, 용산은 강력한 자경단이 자치도시를 지탱하고 있다.

둔촌동은 그들 도시들과 조금 색다른 이력을 가지고 있었다. 그것은 둔촌동이 자유도시로 유명하다는 것이다.

물론 기본적으로 자유롭지 않은 도시는 없다. 본래 한국이라는 국가 체제가 자유 민주주의였던 까닭이다. 그럼에도 특별히 둔촌동을 자유도시라고 하는 것은 강남이나 용산처럼 막강한 힘으로 통제하는 중앙기구 혹은 단체가 없기 때문이다.

그럼에도 도시에 미약하게나마 질서가 유지되고 있는 것은 무장 단체들의 미묘한 견제 덕분이다. 둔촌동에는 무려 세 개나 되는 중대형 무장 단체가 있었다. 각 무장 단체의 구성원은 최소 30여 명에서 최대 100여 명까지 차이가 있었는데, 그들의 출신 성분도 제각기 달랐다.

예컨대 가장 숫자가 많다고 알려진 자경단은 대부분 지역 예비군 부대원들이다. 그들은 동원된 상태에서 국가 기능이 정지되자 자경단으로 이름을 바꿨다.

그다음으로 인원이 많은 수호대는 전직 경호 회사의 직원들이다. 그들은 자경단의 지배를 거부하고 연합군과의 뒷거래를 통해 빼돌린 무기로 무장했다.

가장 적은 숫자는 의적(義賊)이다. 의적은 특이하게 조직폭력배들이 결성한 단체다. 그들은 과거 러시아와 중국으로부터 들여왔던 무기를 꺼내 들었다. 대부분의 조직폭력배들이 강도단의 길을 걸었지만 의적은 달랐다. 무슨 생각에선지 그들은 자치도시의 일원으로 남기를 원했다.

그렇게 서로 다른 성향의 무장 단체들은 보훈병원의 중재로 유혈충돌을 일으키지 않았다.

사정을 모르는 사람은 '작은 병원 하나에 그런 힘이 있을까?' 의아해 할 수도 있다.

그러나 만약 서울에 폭격을 피한 병원이 있다면?

그 병원에 현대 문명이 만든 마지막 의약품들이 고스란히 보관되어 있다면?

그걸 사용할 의사와 간호사가 거의 대부분 남아 있다면?

그런 병원이 무장까지 하고 있다면?

그때는 말이 달라진다. 자신들의 생존을 위해서, 새로운 시대의 권력자들은 그 병원을 보호하고 그들의 의견을 존중해 줄 것이다.

운 좋게도 보훈병원은 그 모두에 해당됐다.

핵폭탄으로 세계가 멸망하고 국가 기능이 정지되자, 보훈병원 관계자들은 자기 가족들을 모두 병원으로 불러들였다.

마침 개전(開戰) 직후 국군병원으로 운영되던 보훈병원에는 경비 부대도 있었다.

보훈병원이 하나의 작지만 내실 있는 군사병원 복합체가 되어 버린 셈이다.

오늘날 강동의 파라다이스라 불리는 보훈병원에는 의료진과 병원 관계자들의 가족, 그리고 특별히 입원이 허락된 극소수의 환자가 기거하고 있었다.

"도희 씨, 결정은 했나요?"

뒤쪽에서 들려온 소리에 이십 대 중반의 간호사가 돌아섰다.

입원실 앞에 오십 대 초반의 의사, 백기영이 서 있었다.

안도희가 어색한 미소로 인사를 했다.

"아, 과장님, 안녕하세요?"

백기영은 외과 과장으로 보훈병원의 실력자 중 한 사람이기도 했다.

건성으로 고개를 끄덕인 백기영 과장이 안도희의 눈을 지그시 들여다보았다.

들으나 마나 한 인사보다는 원하는 대답을 듣고 싶은 얼굴이다.

머뭇거리던 안도희가 조심스럽게 말했다.

"죄송해요. 저는 아직 결혼할 생각이 없어요."

순간 백기영 과장의 눈가에서 가벼운 경련이 일어났다. 당연히 허락할 줄 알았는데 거절하니 속에서 울컥하고 뭔가 치밀어 오른다.

"안도희 씨, 착각하는 것 같은데 결혼 같은 걸 제의한 게 아닙니다."

백기영 과장이 한 손으로 입원실의 문을 가리켜 보였다.

"이 방에 있는 사람은 의적의 이인자예요. 전쟁 전으로 치면 장관급 인사란 말입니다. 그런 사람이 함께 살자고 한 겁니다. 설마 아직도 결혼이니 뭐니 하는 꿈을 꾸고 계신가요? 그런 거 사라진 지 오래인 거 모릅니까? 아직 자신의 처지를 잘 모르시는 것 같은데…… 미안하지만 안도희 씨는 우리 병원의 정식 가족이 아닙니다."

"……."

안도희가 눈을 내리깔았다.

부모와 함께 떠돌다가 소문을 듣고 강동구까지 왔다. 만약 자신이 간호사가 아니었다면 지금쯤 온 가족이 굶어 죽었을지도 모른다. 그러나 다행히 보훈병원에서 일자리를 얻을 수 있었다. 얼마 전까지는 꿈속 같은 나날이었다. 그런 평화가 깨진 것은 사흘 전이다.

의적의 이인자인 최백호가 맹장염으로 입원을 했다. 보훈병원이 아니면 객사했을 중병이었다.

그 최백호가 담당 간호사인 자신을 찍은 것이다.

어지간하면 자신도 살아남기 위해 응했을지도 모른다.

그러나 최백호가 자신에게 처음 한 말은 "함 주라"였다. 그런 남자와 함께 평생을 살아갈 자신이 없었다.

그런 이야기를 다른 간호사에게 했다가 바보 취급을 받았다. 그나마 의적쯤 되니까 한번 달라고 했지, 다른 남자들 같았으면 이미 덮쳤을 거란다.

"원장님이 말씀하셨습니다. 안도희 씨가 최백호 씨와 맺어지면 정식 직원으로 채용하고, 아니면 내보내라고요."

"어…… 어떻게……."

안도희가 멍한 얼굴로 백기영 과장을 바라보았다.

"왜요? 억울하다고 생각되세요? 안도희 씨, 착각하지 마세요. 우리 병원에 오고 싶어 하는 간호사 많습니다. 그중에는 국가유공자 자녀도 있어요. 소문으로는 안 간호사 가족 중에 빨갱이도 있다고 하던데……. 여하튼 그런 루머에도 불구하고 우리 병원에서 안 간호사에게 기회를 주고 있는 겁니다."

나라가 사라지고 남과 북의 경계도 없어졌지만 보훈병원은 그 특성상 북한이라면 치를 떨었다. 그걸 아는 안도희는 차마 뭐라고 반박할 수 없었다.

"……."

"어떻게 할 겁니까?"

백기영 과장이 다그쳤다.

보훈병원으로서는 임시 직원으로 고용한 안도희와 최백호가 맺어지기를 바랐다. 그래야 병원의 입지가 더 든든해지기 때문이다.

안도희가 어렵게 말문을 열었다.

"더 생각을……."

"하루로 부족합니까?"

"……."

안도희는 고개를 떨구었다.

머리로는 상대의 말대로 하고 싶은데 마음이 따르지 않았다. 이게 배부른 생각이라는 건 안다. 그래도 정말 이런 식으로 자신의 인생을 떠넘기고 싶지는 않았다.

"저녁까지 결정해 주세요. 그 이상은 기다려 줄 수가 없습니다."

"……예."

백기영 과장은 그런 안도희를 못마땅한 눈으로 바라보다가 돌아섰다.

안도희는 백기영이 과장이 사라진 뒤에도 한동안 자리에서 움직이지 않았다.

*   *   *

"그래서? 어떻게 하기로 했어?"

나이가 제법 든 수간호사가 안도희에게 다가와 슬쩍 물었다.

"아직 모르겠어요."

"뭘 그런 거로 고민을 해? 그냥 같이 살아. 거절하면 병원에서 나가야 한다면서?"

"네."

"나가면 살 수 있어?"

"……."

"사겠다는 사람 나섰을 때 비싸게 팔아. 여기 나갔다가 괜히 쓰레기들 만나면 진짜 인생 끝장나니까. 강간은 기본이고 인육까지 먹는다잖아."

"저도 알아요."

"아, 맞다. 잘 알겠네? 여기 오기 전에 경기도를 좀 떠돌아다녔다면서?"

"네."

"세상 어떻게 돌아가는지 아는 사람이 뭘 고민해?"

"그래도 좀 제대로 된 사람하고……."

"어머, 너무 이상주의다. 요즘 제대로 된 사람이 어디 있다고? 먹을 거만 끊이지 않고 먹여 주면 그게 제대로 된 사람인 거 몰라?"

"그야 그렇지만……."

수간호사가 은근한 어조로 물었다.

"혹시 따로 좋아하는 남자 있어?"

"아뇨! 그건 절대 아니에요."

안도희는 황급히 부정했다.

정말 그런 문제로 고민하는 게 아니다.

"그럼 뭐가 걱정이야? 그냥 기회가 왔을 때 잡아. 다른 사람이 채가기 전에. 지금도 최백호 씨 노리는 여자가 얼마나 많은데…… 젊지, 능력 되지, 딱이잖아."

"하아! 저는 잘 모르겠어요."

안도희의 입에서 한숨이 길게 흘러나왔다.

이런 상황에서 자신의 인생을 결정하고 싶지 않았다.

지금은 마치 팔려가는 기분이다. 상대가 애 딸린 늙은이만 아니지 딱 그런 분위기가 아닌가!

"쯧쯧! 배가 불러서 그래. 그렇게 고생을 했다면서 아직도 소녀시대면 어떻게 해? 이제는 부모님 생각도 해야지. 참, 오빠가 하나 있다고 했나?"

"오빠 없어요. 죽었어요."

"아, 그래? 그럼 안 간호사가 부모님 모셔야겠네? 그럼 더 고민할 거 없잖아? 그런데 오빠는 언제 죽은 거야?"

"전쟁 통에 폭격으로 죽었어요."

"그래, 그랬구나. 폭격이 좀 심했어야지. 그런데 그 요상한 소문은 뭐지?"

"소문요?"

안도희가 의아한 눈으로 수간호사를 바라보았다.

"안 선생 오빠가 혁명군에 있는 걸 본 사람이 있다고 하더라고. 비슷한 사람을 본 건가?"

"예? 누가 그래요?"

안도희가 화난 얼굴로 물었다.

자신의 가족사를 아는 사람도 없는데 갑자기 그런 말이 나오니 당혹스러웠다.

"나도 다른 간호사에게 들었어. 채용대기 중인 간호사가 그랬다고 하더라고. 신 뭐라고 하던데…… 기억이 안 나네. 그 간호사는 안 선생 오빠가 그 바닥에서 유명한 사람이라고 했다던데?"

"몰라요. 그런 사람."

안도희는 아무렇지도 않은 얼굴로 고개를 저었다.

그러나 말과 달리 심장은 두방망이질 쳤다.

'신민아?'

잊고 있던 기억이 한순간 파노라마처럼 스치고 지나갔다. 신민아는 간호 학원의 동기생이었다. 그녀와는 마음이 잘 맞아 한동안 붙어 다녔다. 그즈음 그녀가 자신의 오빠를 짝사랑한다는 걸 눈치챘다. 하지만 신민아의 짝사랑은 고백도 없이 흐지부지 끝났다.

그 후 졸업 후 같은 병원에 지원을 했고, 자신은 붙었지만 함께 일하자던 그녀는 떨어졌다. 그 뒤로 자연스럽게 연락이 끊어졌다.

"하여튼 병원에 들어오고 싶어서 안달 난 사람들 많아. 처신 잘해야지 까딱 잘못하면 피박 쓸 수가 있다고. 이럴 때 최백호 같은 사람 꽉 잡아 두면 좀 좋아?"

하지만 이미 안도희의 마음은 차갑게 식어 있었다.

만약 채용대기 중인 간호사가 신민아라면 오빠에 대해 알 수도 있다. 멀리서 오빠를 봤을지도 모른다. 그게 아니면 오빠에 관한 소문을 들었을 수도 있다. 부모님과 함께 고향과도 같은 집을 떠난 것도 그런 소문에서 자유롭고 싶어서였다.

'오빠가 또 우리 가족의 앞길을 막는구나.'

신 모 씨라는 간호사는 신민아가 맞을 것이다. 그렇다면 병원에서 쫓겨나는 것도 시간문제다.

최백호와 결합하게 되더라도 병원에서는 일자리를 주지 않을 것이다.

보훈병원이니까.

이 병원을 거쳐 간 사람들과 병원의 관계자에게 오빠는 원수다. 전쟁 전이든, 후든, 그 사실은 변하지 않는다. 아마 영원히 그럴 것이다.

과거처럼 병원에 출퇴근 시간이 따로 정해져 있지는 않다. 간호사들은 어느 정도 하루 일과가 마무리되면 교대로 출퇴근을 했다. 전쟁 전처럼 호사스럽게 하루 3교대가 아니다. 이제는 하루 2교대에 불과하다. 아침에 출근하면 밤에 퇴근하고, 밤에 출근하면 아침에 퇴근한다. 그래도 대부분의 간호사들은 새벽에 출근해서 밤늦게 퇴근하거나 혹은 그 반대로 했다. 하루 2교대일지언정 그 자리를 노리는 사람이 널리고 널렸으니 그럴 수밖에 없다.

늦은 밤, 안도희는 최백호의 링거를 갈아 주었다.

본래 이 시간까지 남아 있지 않아도 됐지만, 마지막이라는 생각에 정리를 하다 보니 조금 더 늦어졌다.

안도희가 링거를 갈고 막 돌아 나갈 때다.

"어이! 생각해 본다고 했다면서?"

안도희가 돌아섰다.

자고 있는 줄 알았는데, 최백호가 눈을 뜨고 있다.

흐릿한 불빛 속에서 남자답게 생긴 최백호의 얼굴이 드러났다.

젊은 간호사들이 그의 눈에 들기 위해 애를 쓴다는 말은 거짓이 아니었다. 확실히 그는 능력 있고 잘생긴 축에 드는 남자였다.

"네."

"대답은?"

"죄송해요."

안도희는 담담하게 말했다.

만약 신민아의 일을 몰랐다면 더 고민했을지도 모른다. 그러나 마음을 비운 지금은 다르다. 어차피 병원에 남지 못할 상황이었다. 그렇다면 당당하게 떠나는 편이 낫다.

"헐! 왜?"

최백호는 어이없다는 속내를 숨기지 않았다.

신체 건강하고, 잘생기고, 능력까지 있는 남자를 거절하는 여자가 있다니?

"개인적으로 매너 없는 남자를 싫어해서요."

"나?"

최백호가 손가락으로 자기를 가리켜 보였다.

"네."

안도희가 망설임 없이 고개를 끄덕였다.

"아, 씨발, 졸라 어이없네……."

"……."

최백호의 입에서 욕이 흘러나오자 안도희는 지체 없이 돌아섰다.

"야! 너! 당사자 앞에서 대놓고 매너 없다고 얘기하는 것도 개매너인 거 아냐?"

문을 열고 나가려던 안도희가 한숨과 함께 다시 돌아섰다.

"최백호 씨, 싸움 잘하고 능력 있다고 아무에게나 막 반말하고 욕하시는데요. 다른 사람이 최백호 씨에게 그러면, 기분 좋을 것 같아요?"

"우리 형님은 나한테 그렇게 해. 괜찮거든?"

"아는 사람 말고요. 모르는 사람이 최백호 씨에게 그러면 기분 좋겠냐고요?"

"때려죽이지."

"그 사람이 최백호 씨보다 더 싸움을 잘해서, 그러는 거라면요?"

"그런 사람? 없어. 나 최백호야."

안도희가 고개를 설레설레 저었다.

"착각도 그 정도면 병이군요."

"야! 너! 내가 여기 누워 있다고 개무시하는 거냐? 맹장 수술을 했지만 아직 너 같은 건 한주먹 거리도 안 돼! 알아?"

"쯧쯧! 싸우고 싶으면 조폭들하고 하세요. 왜 힘도 없는 간호사와 싸우려고 하세요?"

혀를 차던 안도희는 뒷말을 듣지도 않고 나가 버렸다.

곧이어 "꽝" 소리와 함께 문이 닫혔다.

최백호가 멍한 눈으로 문을 바라보았다.

"샹! 대찬 여자네."

대부분의 여자는 자신의 앞에서 교태를 떨었다.

기억을 더듬어 보니 전쟁 전이나 후나 자신의 앞에서 저런 모습을 보인 여자가 없다.

"남자도 나쁜 여자에게 꽂히는 건가? 와 씨발! 뻑 간다."

최백호는 자기가 한 일은 생각지도 않고 안도희를 나쁜 여자로 만들어 버렸다.

                    *   *   *

병원에서의 급료는 일당으로 지불한다. 당연히 돈으로가 아니라 하루 치의 빵과 구호식품이다.

안도희는 원무과에서 빵 세 조각과 잼 한 덩어리, 그리고 MRE(Meal Ready To Eat, 미군 전투식량) 한 봉지를 받았다.

그것들을 가방에 잘 쑤셔 넣고, 병원 정문을 통해 밖으로 나갔다.

병원 밖으로 나가자 바로 추위가 밀려왔다.

병원도 난방이 잘 되는 편이 아닌데, 밖에 나오니 되돌아가고 싶을 정도로 추웠다.

그래도 정식 직원이 아니면 병원에 머물 수가 없으니 가야만 한다. 게다가 부모님이 추위와 굶주림 속에 자신을 기다리고 있다.

안도희는 부지런히 눈길을 헤치며 걸었다.

머릿속에는 부모님께 오늘의 일을 어떻게 설명해야 하나로 가득했다.

30분쯤 걸었을까?

눈에 익은 상가 건물의 지하 주차장이 나타났다. 지상은 폭격으로 처참하게 부서졌지만 그래도 지하는 멀쩡했다.

안도희는 지체 없이 차도를 따라 지하로 내려갔다.

의적이라는 곳에 매달 MRE 한 봉지를 주기로 하고 얻은 보금자리다.

지하 2층으로 내려가자 수많은 사람들로 북적거렸다.

안도희는 종종걸음으로 사람들 속을 파고들었다.

잠시 후 종이 박스로 얼기설기 엮은 집 앞에 도착했다. 전쟁 전에는 노숙자들만 사용했지만, 지금은 대부분의 사람들이 박스로 집을 지었다.

쉬지 않고 온 탓인지 가볍게 숨이 차 왔다.

안도희는 잠시 숨을 돌린 후에 종이를 열고 안으로 들어갔다.

"저 왔어요."

애써 밝게 말하는 안도희의 인사에 노모(老母)가 기다렸다는 듯 곁을 내줬다.

"수고했다 내 새끼. 이리 들어와. 내가 덮혀 놨다."

"네."

안도희는 가방을 내려놓고 엄마 곁으로 파고들었다.

"와아! 따뜻해! 진짜 좋다!"

다소 과장된 안도희의 말에 어머니, 윤정희의 얼굴에 미소가 떠올랐다.

"많이 춥지?"

"그래도 어제보다는 좀 따뜻한 느낌이에요. 날씨가 좋아지려나 봐요."

"그래? 눈도 안 온 지 꽤 됐지?"

"네, 그러고 보니 벌써 열흘쯤 된 거 같네? 병원 사람들도 이제 날이 풀릴 것 같다고 좋아하더라고요. 진짜 빨리 날씨가 좋아졌으면 좋겠어요. 그런데 아빠요?"

"늙은이들 모이는 곳에 놀러 갔다. 너 오는 시간 아니까 곧 오실 거야."

"아! 좋다. 어디 안 가고 이대로 엄마 품에 계속 있었으면 좋겠다."

안도희가 노모의 품으로 파고들었다.

윤정희가 안쓰럽다는 얼굴로 딸의 어깨를 보듬어 안았다.

"왜? 병원에 가기 싫어? 무슨 일 있었어?"

"일은 무슨……."

안도희는 말끝을 흐렸다.

하지만 뭔가 하고 싶은 말이 있다는 걸 윤정희는 느낄 수 있었다.

"말해 봐. 무슨 일이야?"

"……나 병원 그만두게 될 것 같아."

놀란 윤정희가 눈을 휘둥그렇게 떴다.

"왜? 거기 어렵게 들어갔잖아? 병원에서 나가래?"

"그건 아닌데……."

안도희가 망설이고 있을 때다.

종이가 펄럭거리는가 싶더니 아버지, 안영섭이 안으로 들어왔다.

"아니, 모녀들끼리 무슨 얘기를 그렇게 오순도순 나누는 거야? 나도 좀 껴 줘라."

"후후, 말했지? 이 양반이 먹는 시간은 기가 막히게 맞춰 온다니까."

윤정희가 딸을 향해 가볍게 웃어 보인 후 이불에서 빠져나갔다. 그리고 딸의 가방에서 빵과 잼을 꺼내 식사 준비를 했다.

어느 정도 몸이 녹자 안도희도 이불 밖으로 나갔다.

잠시 후 세 사람은 빵 한 덩어리와 잼, 그리고 개봉한 MRE를 먹기 시작했다.

자기 몫을 먹고 물로 입가심까지 마친 안영섭이 부인에게 물었다.

"그런데 아까는 무슨 얘기를 하다가 만 거야?"

"아! 맞다. 애가 병원을 그만두게 될 것 같다고 해서 물어보던 참이에요. 도희야, 무슨 일이 있었어?"

머뭇거리던 안도희는 병원에서의 일을 숨김없이 털어놓았다.

어차피 오빠와 관계된 일이니 가족 모두가 알아야 할 일이었다.

한참 만에 안영섭이 중얼거렸다.

"그러니까 상혁이를 아는 사람이 병원에 있어서 그만둬야 한다는 거네? 몹쓸 놈의 자식. 끝까지 말썽을 일으키는구나. 허어!"

안영섭의 입에서 탄식이 흘러나왔다.

둘째 딸이 보훈병원에서 일을 한 덕에 굶어 죽지 않고 버티었는데, 이제 그나마도 어렵게 되었다고 생각하니 암담했다.

"민아라면 우리 집에도 몇 번 놀러 왔던 애 아니냐? 네 오빠 따라다니고 그랬던 거 같은데?"

윤정희의 말에 안도희는 고개를 끄덕였다.

"엄마 기억하고 있었구나. 맞아. 그러니까 오빠 얼굴을 알아본 거겠지."

"아니, 아무리 세상이 각박해졌다고 해도 그렇지……. 그 애는

네 오빠 좋다고 따라다닐 때는 언제고…… 이제 와서 그렇게 뒤통수를 친데?"

"간호사 경쟁이 너무 치열해서 그래."

"그래도 그렇지 어떻게 친구를 팔아? 너무하다. 그건 그렇고…… 도희야, 오빠와는 연을 끊은 지 오래됐다고, 병원장님에게 선처를 부탁하면…… 그래도 안 될까?"

아내의 말에 안영섭이 고개를 설레설레 저었다.

"쯧! 안 될 거야. 다른 데도 아니고 보훈병원이잖아. 얼마 전까지 빨갱이들하고 싸우다가 다친 군인들만 치료하던 병원이라고. 나 같아도 알면 안 받아줘."

"군인병원이에요?"

윤정희가 눈을 휘둥그렇게 떴다.

"몰랐어? 보훈의 뜻이 그런 거잖아. 처음부터 그 병원은 국가유공자들을 치료하고 관리하기 위해 만든 곳이야. 전쟁이 터지면서 국군병원으로 돌린 거고……. 용케 잘 넘어가나 싶었는데…… 에잉! 결국 안 되는구먼. 이래서 사람이 죄짓고는 못사는 법인가!"

주워들은 게 있는 안영섭은 일찌감치 체념하는 눈치였다. 솔직히 보훈병원과 혁명군 가족은 물과 기름처럼 어울리지 않는 조합이었다.

"아니, 우리 도희가 무슨 죄를 지었다고 그래요? 상혁이 그놈이 죄인이지. 지 애비를 닮아서 고집만 세고, 부모 말은 죽어라 듣지 않더니……. 이젠 살았는지 죽었는지…… 알 수도 없고…… 에휴! 오빠라고 하나 있는 게 끝까지 우리 도희를 힘들게 만드는구나."

윤정희가 위로하듯 안도희의 어깨를 쓰다듬었다.

안영섭이나 윤정희는 최백호와 살라는 말은 하지도 않았다. 딸을 조폭에게 준다는 것은 상상하고 싶지도 않았다. 게다가 지금의 분위기는 마치 공물로 바쳐야 하는 분위기가 아닌가! 어쩌다 둘이 눈이라도 맞았다면 모를까, 조폭에게 뺏기듯 줄 수는 없었다.

제7화

———

남자 최백호

보훈병원의 원장실.

전쟁 중에 부임한 뒤에 눌러앉은 원장 김대범과 외과 과장 백기영이 마주 앉아 뭔가를 의논하고 있다. 그러나 결과가 마음에 들지 않는 듯 표정이 좋지 않았다.

김대범 원장은 얼굴에 불만이 가득했다.

"그러니까, 안 간호사가 거절을 했다 이 말입니까?"

"그렇습니다. 어르고 달래 보았지만 말이 통하지 않았습니다. 아직 환상 속에 사는 여자예요. 사랑이니 존중이니 하는 허영심으로 가득 차 있어서…… 답이 없습니다."

"그럼 내보내세요. 어차피 안 간호사에게 문제가 많아서 정리하려던 참입니다. 대체할 간호사들은 사방에 널렸잖습니까?"

"그렇기는 합니다만……."

백기영이 걸리는 게 있는지 말끝을 흐렸다.

"왜요? 무슨 일 있습니까?"

"최백호 씨가 안 간호사에게 목을 매고 있습니다."

"평양 감사도 본인이 싫다면 어쩔 수 없지 않습니까? 우리는 할
만큼 했습니다."

"알겠습니다. 최백호 씨에게도 사정을 잘 설명하겠습니다. 그
런데 안 간호사의 문제라는 게 뭡니까?"

"위로 하나 있는 오빠가 혁명군의 고위 장교라고 합니다."

"혁명군 장교요?"

"우리 병원에 지원한 간호사가 목격했다고 하니 틀림없을 겁니
다."

"그걸 알아본 걸 보면 집안끼리 교류가 있었나 봅니다?"

"집안끼리의 교류 정도는 아닌 것 같습니다. 안 간호사와 같은
학원을 다닌 적이 있는데 그때 얼굴을 익혔다고 하더군요."

"아! 그럼 친구를 파는 상황인 건가요?"

백기영의 얼굴에 가벼운 비웃음이 떠올랐다.

"가족끼리도 팔아먹는 세상인데 친구가 문제겠습니까?"

김대범 원장의 말에는 묘한 박력이 있어서 백기영은 더 이상 웃

지 않았다.

"백 과장님께서 최백호 씨를 잘 설득해 주셔야겠습니다. 안 간호사를 퇴출할 수밖에 없는 상황도 같이요. 그 일로 괜히 우리 병원이 원망을 들어서야 되겠습니까?"

"맡겨 주십시오. 그런데, 요즘 병원 운영에 대한 우려의 목소리가 좀 많습니다. 배급량을 줄여서 그렇게 된 것 같은데…… 다른 방법은 없겠습니까?"

"다른 방법요? 그런 거 없습니다. 말이 좋아 자유도시지, 강동구에 남은 게 뭐가 있습니까? 지금까지 약 팔고 치료해 주면서 버텼는데, 슬슬 한계에 온 것 같아요."

"벌써요?"

"이런 벌써라니요? 2년이면 많이 버틴 겁니다."

"그야 그렇지만……. 그럼 앞으로 어떻게 할 계획이십니까?"

"몇 주 더 지내보다가 정 안 되겠다 싶으면…… 그땐 장비를 정리하고 가져갈 수 있는 건 다 챙겨서…… 가 볼 생각입니다."

김대범 원장의 입에서 짐 싸서 가겠다는 얘기는 처음 듣는다.

놀란 백기영이 화들짝 놀란 얼굴로 물었다.

"어디로요?"

"여기보다 나은 데가 강남밖에 더 있습니까? 입주신청하면 우리는 받아줄 겁니다. 전에 몇 번 와 달라는 요청을 받은 적도 있고요. 이러니저러니 해도 전문 의료인이 필요한 시대 아닙니까?"

"하긴……."

백기영은 고개를 끄덕였다.

재건정부가 들어선 곳이니 다를 것이다. 어쩌면 강남에서는 마음껏 전기를 사용할 수 있을지도 모른다. 강남은 모든 것이 풍요로우니까 말이다.

"그리고 이왕 이렇게 된 거 안 간호사와도 잘 마무리해 주세요. 살면서 사람하고 원한 맺어서 좋을 거 없습니다. 지금이야 빼지만 나중에 최백호 씨와 어떻게 될지도 모르고요."

"아! 그것도 그렇겠군요. 알겠습니다. 섭섭한 거야 어쩔 수 없겠지만…… 앙금이 남지 않도록 최대한 노력해 보겠습니다."

"수고해 주세요."

"예."

백기영 과장은 출근한 안도희를 따로 불러냈다.

그리고 원장이 한 말을 최대한 정중하게 전달했다. 사실 백기영으로서도 의적의 이인자인 최백호가 신경 쓰여서 막 대할 수는 없었다.

아무리 예의를 지켰다고 해도 나가라는 말을 듣고 기분이 좋을 사람은 없다. 게다가 당장 먹고살 길이 빠듯한 안도희는 더욱 그렇다. 그럼에도 불구하고 안도희는 화를 내거나 매달리지 않았다. 아버지의 말마따나 지은 죄가 있는 탓이다.

안도희를 해고한 백기영 과장은 곧바로 최백호의 병실을 찾아갔다. 그리고 괜한 오해가 없도록 안도희 간호사의 해고에 대한 병원의 입장을 전달했다.

펄쩍 뛰며 소동을 일으킬 것 같던 최백호는 의외로 무덤덤하게 받아들였다. 안도희에 대한 관심이 식어서인지, 혹은 다른 이유 때문인지는 모르지만 백기영의 입장에서는 고마운 일이었다.

그렇게 보훈병원의 일은 마무리 지어졌다.

김대범 원장이나 백기영 과장은 잘 끝났다고 생각했다.

두 사람은 안도희 간호사와 다시 만날 일이 없을 거라고 믿었다.

*　　　*　　　*

안도희가 병원에서 잘린 뒤로 가족들은 먹거리가 떨어져 고통을 받게 됐다. 다행히 지하 주차장의 사용료는 아직 기한이 남았지만, 당장 끼니가 문제였다. 처음 며칠은 윤정희가 마지막까지 아끼던 귀금속으로 절반쯤 곰팡이가 핀 식빵을 구해왔다.

그러나 그 뒤로는 정말 얼음 녹인 물만 마셔야 했다.

그러던 어느 날이다. 하루 종일 물만 마시며 버티고 있던 안도희 가족에게 뜻밖의 손님이 찾아왔다. 그는 병원에서 퇴원한 최백호였다.

최백호가 안도희 앞에 검은색 백 팩 하나를 툭 내던졌다.

"받아라."

"뭐, 뭔데요?"

"오빠 때문에 병원에서 쫓겨났다면서?"

"……."

안도희는 못 이기는 척 가방을 열어 내용물을 확인했다.

놀랍게도 그곳에는 빵과 MRE가 가득 들어 있었다.

"이, 이게 뭔가요?"

"일단 살고 봐야지. 안 그래?"

"그래서, 이걸로 저를 사겠다는 거예요?"

최백호가 멍한 얼굴로 안도희를 바라보았다.

"뭐? 사? 너 옛날에 사극 같은 거 졸라 많이 봤나 보다?"

"그럼, 이건 무슨 의미인가요?"

최백호가 피식 웃으며 장난처럼 말했다.

"나중에 마음 바뀌면 함 달라고."

"그럴 일 없어요."

"알았고, 난 간다."

말과 함께 최백호가 돌아섰다.

주저하던 안도희가 최백호의 뒤통수를 향해 작게 말했다.

"그래도 고, 고마워요."

"야, 씨발, 그래도 고맙다는 말은 할 줄 아네? 하도 딱딱해서 나는 네가 로봇인 줄 알았는데. 또 보자."

"……."

최백호가 손을 흔들어 보인 뒤 멀어져 갔다.

안도희는 최백호가 사람들 속에 파묻혀 보이지 않게 되자 재빨리 종이 집 안으로 들어갔다.

기력이 떨어져 누워 있던 안영섭과 윤정희가 자리에서 부스스 일어나 앉았다. 두 사람 모두 딸의 대화를 듣고 있던 터라 눈이 가방에 고정되어 있었다.

윤정희가 조심스럽게 물었다.

"그 조폭이 왔다 간 거냐?"

아내의 말에 안영섭이 가방을 잡아가며 말했다.

"어허! 그 사람, 조폭 사라진 게 언젠데 아직 조폭 타령이야. 여기서는 그 사람들을 의적주식회사라고 부른다고."

"아빠, 조폭들 모임을 누가 주식회사라고 부른다고 그래요? 주식 상장을 해야 주식회사지, 아무 데나 갖다 붙이면 주식회산가?"

"야, 도희야, 너 먹을 거 가져다주는 사람에게 그런 소리 하는 거 아니다."

안영섭의 손에는 어느새 빵과 MRE가 들려 있었다.

안도희가 한숨을 내쉬며 말했다.

"아빠, 공짜 너무 좋아하지 마세요. 그 사람들 그거 어디서 났겠어요? 다 누군가에게서 빼앗은 거라고요."

"도희야, 도희야, 너야말로 하나만 알고 둘은 모르는 소리 하지 마라. 요즘 빵과 MRE를 생산하는 공장이 하나라도 있는 줄 아냐? 다 옛날에 만들어서 창고에 보관하고 있던 거다. 처음부터 이건 임자 없는 물건이야. 누가 열심히 생산해서 파는 물건이면, 최백호 같은 애들이 욕을 먹어도 싼데, 그게 아니잖아? 이놈 저놈 할 거 없이 죄다 남의 걸 빼돌려서 살아남는 세상이라고."

"⋯⋯."

딸의 기세가 조금 꺾인 듯하자 안영섭의 목소리에 더욱 힘이 들어갔다.

"예를 들자면 이런 거야. 여자들은 모르겠지만, 아빠가 군대에 있을 때 총기 부품을 매일 도둑맞았어. 점호 때 가끔 일직사관들이 총기 검사를 했는데, 그런 날이면 아주 난리가 나. 부품 하나라도 분실하면 작살나니까, 깨지기 싫어서 다른 사람 걸 훔쳐 온다고. 도둑질이지."

"하아! 아빠⋯⋯."

안도희의 입에서 한숨이 흘러나왔다.

아빠가 하고 싶어 하는 말의 뜻을 알 것도 같다. 하지만 아빠의 군대와 여기서 의적이 하고 있는 일은 달랐다.

그러거나 말거나 안영섭은 계속해서 말했다.

"알고 보면 죄다 도둑놈인 거지. 하지만 누구 한 사람 도둑놈이 없어. 부품을 그렇게 훔쳐 가는데 왜 도둑이 아니냐고? 간단해. 어차피 나라의 물건이고, 그게 같은 부대 안에서 이리 돌고 저리 돌기 때문이야. 이 음식만 해도 그래. 이 물건들의 원주인은 없어. 가지고 있던 놈도 어차피 남의 걸 빼돌린 거라고. 특히 이 MRE를 봐. 이건 다 군용이잖아. 이 나라에 정규 군인이 있어? 없어진 지 오래잖아. 그 말은……."

"여보, 배고프니까 일 절만 하고 그만 먹읍시다."

참다못해 윤정희가 나서서 말을 끊었다.

"어? 그럴까?"

아내의 제지에 MRE의 질긴 플라스틱 봉지를 뜯어내던 안영섭이 마무리하듯 말했다.

"하여튼 결론은 감사히 먹어야 한다고. 음식은 죄가 없으니까."

"그건 당신 말이 맞아요. 음식은 음식일 뿐이죠."

윤정희도 간만에 보는 빵 앞에서 계속 남편을 비난할 수는 없었다. 솔직히 자신도 좋았다. 하지만 안도희가 최백호를 너무 싫어

하는 것 같아서 그런 티를 내지 못한 것뿐이다. 음식 앞에서 너무 좋아하면 딸이 최백호를 거부하지 못하게 될 수도 있다. 윤정희는 음식에 딸을 팔고 싶지 않았다.

그 뒤로도 최백호는 이삼일에 한 번씩 음식을 가져다주었다.

그 일이 몇 차례 되풀이되다 보니 안도희의 부모는 최백호의 도움을 자연스럽게 받아들였다.

처음에 딸에게 부담이 될까 봐 좋은 내색을 하지 않던 윤정희까지도 슬슬 "최백호가 괜찮은 남자같다"는 말을 할 정도였다.

그러던 일상에 큰 변화가 찾아온 건 병원을 나온 지 딱 한 달 만의 일이다.

먹거리를 찾아 여기저기 돌아다니던 안도희의 앞에 한 여자가 나타난 것이다. 그녀는 한때 같은 간호 학원에 다녔던 친구 신민아였다.

그날도 안도희는 길동에 있던 종합 병원의 자리를 뒤지고 다니던 중이었다.

"오랜만이네."

안도희가 담담한 어조로 인사를 건넸다.

그녀의 인사에 잠시 머뭇거리던 신민아가 어색한 미소로 답했다.

"그러게, 한 4~5년은 된 것 같지?"

좀 직선적인 성격인 안도희는 골치 아프게 말을 돌리지 않았다.

"병원에서 네가 나를 고발했다길래 그 뒤로 다시 안 보게 될 줄 알았는데……. 어쩐 일이야?"

"고, 고발을 한 건 아니었어. 그냥 다른 사람하고 옛날 얘기를 하다가 네 오빠 이야기가 나온 것뿐이야. 정말이야. 믿어줘. 나 그렇게 나쁜 년 아니야."

"어, 그래, 알았어. 서무과에 지원 서류 넣고 서무과장에게 내 얘기 했다면서? 그런 소리가 내 귀에까지 들릴 정도면…… 너도 병원 생활하기 쉽지 않을 거야."

"상관없어. 모두 유언비어니까. 앞으로 나만 잘하면 된다고 생각해."

신민아가 이를 악물었다.

안도희가 동정 어린 눈으로 그런 신민아를 바라보았다.

속으로 그렇게 저주했는데 막상 만나고 보니 안됐다는 생각이 든다. 하지만 안도희는 신민아를 용서할 생각은 없었다.

'지금 내 배가 고프지 않아서 상대를 동정할 여력이 있는 거니까…….'

만약 최백호가 도와주지 않았다면 굶주림의 고통 속에서 눈에 보이는 게 없었을 거다. 그 점에 있어서는 최백호에게 감사하고 있었다.

"나만 잘하면 된다고 생각하는 사람이 내 앞에는 왜 나타났지? 나한테 뭐 부탁할 말이라도 있는 거야?"

"그래."

"……."

그냥 해 본 말인데 그렇다고 하니 안도희는 순간 멍한 느낌이었다.

오랜만에 나타나 옛 친구의 뒤통수를 치더니, 다시 나타나서 부탁할 게 있단다.

"너 진짜 얼굴 두꺼워졌다?"

"알아. 그래도 부탁할 수밖에 없어서 찾아왔어."

"말하지 마. 난 네 부탁 안 들어줄 거니까."

"제발, 들어줘. 너에게 나쁜 일은 아니야. 어쩌면 너도 그렇게 되기를 바랄걸?"

신민아의 자신만만한 말에 안도희는 냉소를 쳤다.

"네가 나에 대해 뭘 안다고 그래? 너는 내가 뭘 바라는지 몰라. 아! 아니다. 하나 있다. 너 때문에 병원에서 쫓겨났잖아? 난 병원에 복귀하고 싶어. 그게 내가 바라는 거야."

"미안. 병원 일은 나도 도울 수가 없어. 그럴 위치에 있지도 않고."

"그럼 가. 너와 내가 함께 이익을 볼 일은 없어."

안도희가 자리를 떠나려고 할 때다.

"최백호 씨를 만나지 마."

"뭐?"

안도희가 황당하다는 표정으로 되묻자 신민아가 재빨리 말했다.

"어차피 너는 최백호 씨 안 좋아하잖아. 그런데 최백호 씨가 자꾸 너를 찾아가고 있지? 네가 확실하게 거절해 주면, 최백호 씨는 너를 찾아가지 않을 거야."

"미치겠네. 여기서 갑자기 최백호 씨 얘기가 왜 나오는데?"

"내가 그 사람을 좋아하니까."

"……."

안도희는 갑작스러운 신민아의 고백에 당황했다.

"뭐? 네가 그 사람을 언제 봤다고 좋아해?"

자신을 밀어내고 병원에 들어간 지 얼마 되지도 않는 신민아가 최백호를 어떻게 안다고?

"요즘 그 사람 사무실에 내가 파견 나가서 수술 부위를 드레싱—소독 및 처치— 해 주고 있어. 그때 친해진 거야."

물론 친해졌다는 건 신민아의 생각이다.

"친해졌으면 됐지, 왜 나한테 도와 달래? 아하! 너 그 사람 스

토킹 중이냐?"

안도희는 괜히 심술이 나서 신민아의 속을 긁었다.

"어쨌든, 네가 최백호 씨 싫어한다는 거 알아. 그런데 최백호 씨가 계속 찾아오니까 싫을 거 아냐? 다시는 오지 말라고 확실히 말해줘. 물론 지금은 네가 나를 싫어할 거라는 거 알아. 하지만 내 부탁은 너에게도 득이 되는 일이잖아. 안 그래?"

신민아는 최대한 불쌍한 표정을 지었다.

비록 안도희가 자신을 싫어하지만, 최백호를 떼어내기 위해서 도와줄지도 모른다고 생각했다.

"다시 말하지만 거절이야. 게다가 지금 최백호 씨는 우리 가족에게 큰 도움을 주고 있어. 그에게 도움을 받으면서 오지 말라는 말을 할 수 있을 거 같아? 우리 가족의 형편은 내가 친구 하나 잘못 둔 덕분에 아주 최악이라고. 너나 내 앞에 나타나지 않았으면 좋겠는데?"

"내 부탁을 거절하면 너에게도 안 좋을 거야."

갑자기 신민아의 음성이 차갑게 가라앉았다.

"지금 협박하는 거야?"

"협박이 아니라 경고야. 너는 내가 지원서 한 장 달랑 들고 병원에 들어간 거라고 생각해? 보훈병원이 그렇게 들어가기 쉬운 곳이었어?"

"무, 무슨 소리야?"

"우리 친척이 의적에 있어. 이번에도 덕을 조금 봤지."

"아하! 이제 보니 조폭 집안이었구나? 그래서 그렇게 쓰레기 같은 행동을 할 수 있었던 거야?"

"어머! 쟤 말하는 것 좀 봐. 정말 큰일 날 애네. 삼촌들, 이제 아시겠죠? 내가 쟤는 안 된다고 했잖아요! 저런 애가 백호 씨 옆에 있으면 회사가 망한다고요!"

신민아의 말과 함께 부서진 벽 뒤에서 세 사람이 걸어 나왔다.

'헉!'

안도희의 얼굴이 딱딱하게 굳었다.

벽 뒤에서 나온 사람들은 모두 의적의 남자들이었다. 살기등등한 표정으로 자신을 쏘아 보는 게 말로 끝낼 분위기가 아니다.

"그년 반반한 얼굴 믿고 말하는 싸가지 좀 보소."

"진짜 징한 년이다. 우리가 쓰레기면 쓰레기에게 빌붙어 먹고 있는 넌 뭔데?"

"백호 형님이 눈이 삐었지. 어디서 저런 년에게 홀려서……."

누가 신민아의 사촌인지 모르겠지만, 한 가지 확실한 건 있었다. 그건 셋 다 안도희를 잡아먹을 듯 노려보고 있다는 점이다.

"내 말은 그런 뜻이 아니라……."

안도희의 말은 채 이어지지 못했다.

"왜? 또 말 바꾸게? 그래도 소용없어. 이미 삼촌들이 네 본심을 알아 버렸거든. 네가 백호 씨를 무시한 것도 그런 이유 때문이잖아."

"이년을 어찌 할까?"

"여기서 돌림빵하고 바로 태워 버립시다."

"아, 무식한 새끼. 사람을 태우자는 말이 술술 나오네. 태우긴 뭘 태워? 사람이 무슨 개새끼냐? 우리 의적은 그런 일에서 손 끊은 지 오래됐다."

"그래도 저런 년은 예외 아닙니까?"

"예외는 없어. 대신 돌려먹고 팔면 돼. 님도 보고 뽕도 따고. 몰라?"

"아! 그런데 어디다 팔아요? 아직도 있어요?"

"새끼야, 둔촌동에만 없지 조금만 나가면 널린 게 사람 장사꾼이야. 그렇게 꽉 막힌 머리로 어떻게 살아남았냐? 존나 미스터리한 새끼."

"추운데 바로 작업 들어갑시다."

순간 남자들이 끈적한 눈으로 안도희를 바라보았다.

깜짝 놀란 안도희는 좌우를 살폈다.

다행히 남자들이 본격적으로 움직이지 않아 빠져나갈 구멍이 보였다.

안도희는 남자들이 행동으로 옮기기 전에 먼저 뛰었다.

보통의 여자들은 공포에 사로잡혀 용서해 달라거나 살려 달라고 빌었을 텐데, 안도희는 그러지 않았다.

갑자기 안도희가 달아나자 사내들은 멈칫거렸다.

"씨발! 잡아!"

누군가의 입에서 호통이 터져 나왔다.

그제야 상황을 인식한 남자들이 안도희의 뒤를 쫓아갔다.

"헉헉!"

안도희는 사람들이 있음 직해 보이는 곳을 목표로 달렸다.

둔촌동은 어느 정도 기초 질서가 유지되는 곳이다. 아무리 의적이라고 해도 다른 사람들 앞에서 강도단과 같은 행동은 하지 못한다.

지면 위는 눈에 덮여 사람의 흔적이라고는 찾아 볼 수 없지만, 지하가 온전한 빌딩은 다르다.

게다가 운이 좋으면 먹거리를 찾아 돌아다니는 사람을 만날 수도 있다.

일단 사람만 만날 수 있다면, 최악의 상황은 모면할 수 있었다.

"하아! 하아!"

심장이 터질 것 같았지만 안도희는 멈추지 않았다.

그러는 동안 남자들은 2~3미터 뒤까지 따라붙었다.

등 뒤에서 남자들의 거친 숨소리가 들려오자 안도희는 저도 모르게 비명을 질렀다.

"꺄악!"

여기서 저들의 손에 잡히게 되면 다시는 부모님 곁으로 돌아가지 못한다.

안도희는 마지막 힘을 쥐어짰다.

그러나 애석하게도 그 힘은 오래가지 못했다.

눈길 위를 여자가 전력으로 질주할 수 있는 것도 한계가 있다.

결국 안도희는 다리에 힘이 풀렸고, 미끄러져 넘어지고 말았다.

"헉! 헉!"

안도희는 절망 속에서 거칠게 숨만 내쉬었다.

이젠 달아나고 싶어도 달아날 힘이 없다. 아니, 달아나기는커녕 손끝 하나 까딱일 힘도 없었다.

그런데 어찌 된 일인지 조용했다.

아무 일도 없었다는 듯 적막하기조차 했다.

의아하게 생각한 안도희가 뒤쪽으로 고개를 돌렸다.

없었다.

조금 전까지 사냥개처럼 헐떡이며 따라붙던 남자들은 그림자도 보이지 않았다.

"아가씨, 무슨 일입니까?"

정면의 눈 더미 옆에서 예비군복을 입은 남자 둘이 다가왔다.

"아아!"

안도희의 입에서 안도의 한숨이 흘러나왔다.

예비군복을 입은 남자들은 자경단이었다.

의적의 사내들은 자경단을 발견하고 물러간 것이 틀림없다.

옆집 아저씨처럼 생긴 사십 대 남자가 긴장 어린 표정으로 다가왔다.

"소리를 지른 게 아가씨예요? 강도단이라도 봤습니까?"

"하아! 그건 아니고요, 이상한 남자들이 쫓아와서……."

"이상한 남자들요? 어떻게 생겼는지 얼굴은 기억 하십니까?"

"……."

안도희는 잠시 생각했다.

여기서 의적과의 일을 말할 수는 없었다. 신민아의 농간에 걸려들어 그렇게 된 거지만, 자신이 먼저 그들을 쓰레기라고 말했기 때문이다.

"아니요, 갑자기 생긴 일이라…… 얼굴을 볼 틈도 없었어요. 감사합니다."

안도희가 일어나 정중하게 인사를 했다.

자경단들은 "조심해서 가라"는 말을 끝으로 돌아섰다.

안도희는 한동안 자경단의 뒤를 따라갔다.

그러다가 마음이 진정이 되자 다시 지하 주차장이 있는 곳으로 발걸음을 옮겼다.

의적의 관할 구역이라 돌아가고 싶지 않았지만, 부모님이 그곳에 계시니 어쩔 수 없었다.

*   *   *

"도희야, 얼굴이 왜 그래?"

창백한 안색의 안도희를 먼저 발견한 윤정희가 근심 어린 표정으로 다가왔다.

잠시 망설이던 안도희는 아빠까지 불러다 놓고, 밖에서 신민아를 만나 벌어진 일들을 털어놓았다.

"죄송해요, 제가 함부로 말을 해서……."

…….

안영섭과 윤정희는 한동안 아무런 말도 하지 못했다.

비록 그들이 최백호의 도움을 받고 있지만, 의적의 눈 밖에 났으면 끝이다. 본의든 아니든 안도희가 먼저 그들을 쓰레기라고 했으니, 그들의 야만적인 행동을 비난할 명분도 없다. 최백호조차 그런 말을 전해 들으면, 안도희에 대해 달리 생각할지 모른다.

"도희야, 그 일로 너무 자책하지 마라. 괜찮아. 잘된 일인지도 몰라. 그렇지 않아도 여기 계속 있어야 하나 고민하던 중인데, 이 참에 떠나야겠다."

"정말이에요?"

윤정희가 놀란 얼굴로 남편을 바라보았다.

"정말이지 그럼, 내가 흰소리할까 봐?"

"왜요?"

"당신 지금 나가서 주차장을 둘러봐. 전보다 빈자리가 늘었지? 사람들이 슬슬 떠나서 그래."

남편의 말에 윤정희가 종이 문을 들어 올리고 밖으로 고개를 내밀었다.

남편의 말대로 듬성듬성 빈자리가 보였다. 그들이 처음 주차장에 자리를 잡을 때만 해도 빈자리라고는 찾아 볼 수 없었다. 그러나 지금은 눈에 띌 정도다.

"여보, 여기가 살기 좋다고 하지 않았어요? 그런데 왜 떠나는 거예요?"

"옛날에 유목민들은 물과 초원을 찾아서 떠돌았잖아. 지금은 먹거리가 있음 직한 곳으로 모였다 흩어지기를 반복하고 있는 거라고. 사람들이 여길 떠나는 이유가 뭐냐고? 당연히 이곳의 먹거리가 고갈되고 있다는 걸 느꼈기 때문이겠지. 나랑 자주 어울리던 늙은이들도 가족들과 하나둘 떠나서 이젠 몇 남지도 않았어."

"가면 어디로 간다고요?"

윤정희는 이해할 수 없다는 얼굴이었다.

얼어 죽지 않을 잠자리와 치료받을 수 있는 병원, 그리고 풍족하지 않지만 먹거리까지 있는데, 여기보다 더 좋은 곳이 어디 있다고?

"그 사람들 다 강남으로 갔어."

"강남?"

"아빠, 혹시 재건정부가 있다는 곳 말씀하시는 거예요?"

"그래. 거기."

"하지만 그곳은 입주 자격이 까다롭다고 들었어요. 게다가 외곽에는 강도단이 들끓고 있고."

"걱정 마라. 우리 딸이 누군데! 보훈병원도 들어갔는데 강남에 못 가겠냐?"

"……."

부친의 장담에 안도희는 머뭇거렸다.

보훈병원에 들어가게 된 것은 면접을 잘 본 덕분이다. 좀 더 노골적으로 말해서 얼굴이 되니까 뽑힌 거다. 학력을 증명할 수도 없는 지금은 실기와 면접이 시험의 전부다. 실기야 다들 오십 보백 보, 남은 건 외모다. 그게 아니라면 10:1의 경쟁 속에서 자신이 뽑힌 이유를 설명하기 어렵다.

강남은 보훈병원과 다르다. 강남의 전입 요건은 까다롭기로 소문이 나 있었다. 원하는 분야의 재원이 아니면 미스코리아 출신도 받아 주지 않는다는 말까지 있다.

　안도희가 자신이 없어하는 이유도 거기에 있었다.

　도무지 강남에서 어떤 분야의 전문가를 필요로 하는지 알 수가 없기 때문이다. 하지만 한 가지 분명한 건 있다. 간호사는 차고 넘칠 거라는 사실이다. 당연히 미녀들도 발에 채일 정도로 많을 것이다. 강남은 처음부터 선택받은 사람들이 모인 곳이었으니까.

　그런 안도희의 걱정과 달리 안영섭은 절반쯤 벌써 강남 주민이 된 것처럼 말했다.

　"이번에 최백호가 또…… 도와주면, 바로 떠나자."

　안영섭의 말이 끝나기가 무섭게 종이 문이 위로 올라갔다.

　"아저씨, 어디로 가려고요?"

　…….

　호랑이도 제 말 하면 온다더니, 최백호가 종이 집 안으로 머리를 들이밀었다.

　순간 안영섭은 꿀 먹은 벙어리가 됐다.

　윤정희는 아줌마의 기지를 살려 꾸벅꾸벅 조는 시늉을 했다.

　안으로 들어가려던 최백호는 종이 안이 비좁자 그냥 입구에 걸터앉았다.

"도와주고도 욕먹는 병신 따로 있고, 마지막까지 뽑아 먹고 튀려는 사람 따로 있고…… 뭐 그런 겁니까?"

"……."

안도희와 그녀의 부모는 아무런 말도 하지 못했다.

"뭐라고 말 좀 해 봐요?"

"미안해요……."

안도희가 기어들어 가는 소리로 중얼거렸다.

"사람이 진심으로 대하면 진심으로 받아 줘야죠. 이용해 먹고 튈 생각을 하면 됩니까? 예?"

"그런 건 아니에요."

"아니긴 뭐가 아닙니까? 뒤에서는 쓰레기라고 내 욕을 하고, 여기서는 음식 받아서 떠나자고 하는 소리까지 들었는데……."

"그, 그건 백호 씨에게 한 말이 아니에요. 민아라는 못된 친구와 말다툼을 하다가…… 하아! 아니에요. 모두 제 잘못이에요. 용서해 주세요."

"……."

최백호가 이글거리는 눈으로 안도희를 노려보았다.

동생들은 "안도희가 우리를 쓰레기라고 했다"고 했다. 그 말에 눈이 돌아갈 정도로 화가 나 달려왔다. 오자마자 이번에는 "떠나겠다"는 말을 들었다.

분노와 허탈감이 이루 말할 수 없었다.

그런데 안도희가 머리를 숙이자, 거짓말처럼 마음이 풀렸다.

겉으로는 눈을 부라리고 있었지만, 속마음은 신기하리만치 덤덤했다.

자신에게 한 말이 아니라는 안도희의 말을 믿고 싶었다. 안도희가 그런 일로 자신을 속일 것 같지 않았다. 생각해 보면 안도희가 뒤에서 자신을 욕했다는 말은 너무 터무니없었다. 안도희를 믿지 않으면 자신이 너무 초라해지기 때문에 그런 건지도 모른다.

어떤 이유에서건 최백호는 안도희의 사과를 받는 순간 자신의 마음이 풀어졌다.

지금 기분이 꿀꿀한 것은 안도희와 그 가족이 떠나려고 한다는 걸 알아서다.

"그건 그렇다 치고, 어디로 가려고……요?"

"강남이요."

"강남? 거기까지 어떻게 가려고 그래……요? 가다가 다 죽어……요."

최백호는 안도희의 부모 앞인지라 함부로 반말을 하지 못하고 말끝마다 어설프게 '요' 자를 붙였다.

"그래도 가야 돼요."

안도희는 "의적 사람들에게 강간당한 뒤 팔려 갈 **뻔했다**"는 말은 하지 않았다. 그들은 분명 자신의 말 때문에 화가 나서 그랬다고 할 것이다. 그렇게 되면 할 말이 없게 된다. 해결되는 것 하나 없이 최백호와 그들의 관계만 어색해진다. 그러니 그냥 마음에 묻고 떠나는 게 낫다.

"아, 왜……요?"

"여기서는 제가 할 수 있는 일이 없어요. 게다가 이곳의 식량 사정도 나빠지고 있고요. 그래서 우리뿐 아니라 많은 사람들이 강남으로 떠나고 있어요. 저와 가족이 자리를 잡지 못해서 언제고 떠나야 한다면…… 지금이 좋은 기회라고 생각해요."

"……."

최백호는 "그러니까 나랑 살자니까!"라는 말이 목구멍까지 올라왔지만 말하지 못했다.

부하들과 안도희 사이에 그런 일이 벌어진 이상, 둘은 같이 살 수가 없다. 그랬다가는 의적 내에서 자신의 위치까지 위협받게 된다.

우두커니 허공의 한 지점을 응시하던 최백호가 자리에서 일어났다.

더 이상 할 말이 없었다.

제8화

남자가 죽을 자리

의적의 사무실로 돌아간 최백호는 멍한 얼굴로 드럼통 앞에 앉았다. 사무실 중앙에 놓인 드럼통은 난로의 대용이다.

몇몇 부하들이 쉬지 않고 탈 만한 것들을 찾아와 불길을 유지시켰다.

넋을 잃고 앉아 있던 최백호가 눈살을 찡그렸다.

드럼통 안에서 검은 그을음이 꾸역꾸역 솟구치고 있었다.

"대체 뭘 처넣은 거야?"

신경질적인 최백호의 말에 한 녀석이 슬그머니 다가왔다.

"형님, 제가 벽지 뭉치가 굴러다니길래 넣었습니다."

"벽지를 넣었는데 왜 저래?"

멀찍이서 곁불을 쬐던 녀석 하나가 아는 체를 했다.

"형님, 요즘 좋은 벽지는 비닐 코팅이 돼 있어서 그럽니다."

"쯧! 밖이면 몰라도 실내에서 비닐 코팅된 걸 태우면 되냐? 종이나 나무를 태워야지."

"죄송합니다. 종이나 나무를 구할 수가 없어서……."

최백호는 더 이상 부하를 나무라지 않았다.

종이와 나무를 구하지 못했다는 말이 이상하게 여운이 남았다.

"박 총무, 우리 먹을 거는 어느 정도나 되냐?"

의적의 총무부장인 박기태가 생각할 것도 없다는 듯 답했다.

"아직 한 달 치 정도는 남았습니다."

"한 달? 얼마 없네?"

"그래도 자릿세와 보호비로 계속 들어오니까 그보다는 더 길게 갈 겁니다."

"그래? 수금표 좀 가져와 봐."

"예, 형님."

박기태가 즉시 수금표를 찾아 최백호에게 가져갔다.

서류를 살피던 최백호가 눈살을 찌푸렸다.

보호비는 소폭으로 떨어졌는데, 자릿세는 눈에 띄게 큰 폭으로 줄어들었다. 사람들이 그만큼 빠져나가고 있다는 뜻이다.

"총무야, 사람들이 많이 나갔다?"

"형님, 우리만 그런 게 아닙니다. 다른 곳도 마찬가집니다."

박기태는 급히 변명을 했다.

그러나 최백호는 그런 변명에는 관심이 없었다. 그보다는 다른 곳도 마찬가지라는 말이 마음에 걸렸다. 그건 사람들이 둔촌동을 떠나고 있다는 소리와 같았다.

'둔촌동도 약발이 다 떨어진 건가?'

회사는 사람이 있어야 한다. 사람이 없으면 당연히 회사도 사라진다. 의적과 같이 보호비와 자릿세를 받아서 유지되는 회사는 더더욱 그렇다.

'그러고 보면 한자리에서 오래 해 먹었지.'

기술도 없고, 뭘 만들어 내는 것도 없이, 한 자리에서 이만큼 버티었으면 성공한 셈이다.

앞으로 회사는 어떻게 될까?

매캐한 연기 때문인지 머리가 지끈거렸다.

최백호가 두 손으로 관자놀이를 누르고 있을 때다.

"아이고 춥다! 씨발, 부랄 얼어붙겠네."

"으아! 졸라 춥다!"

왁자지껄한 소리와 함께 세 명의 사내가 안으로 들어왔다.

모두 안도희를 덮치려던 사람들이다.

드럼통으로 다가기던 사내들은 그 뒤편에 앉아 있는 최백호를 뒤늦게 발견했다.

　세 사람의 허리가 거의 동시에 꺾였다.

　"형님, 계셨습니까!"

　최백호는 눈을 뜨지도 않고 손목을 까닥여 인사를 받았다.

　사내들은 직각으로 허리를 구부려 인사를 한 뒤 드럼통 주변의 빈 의자에 걸터앉았다.

　…….

　묘한 침묵이 세 남자와 최백호 사이에 흘렀다.

　문득 최백호가 눈을 떴다.

　"화장지, 개털, 코딱지."

　"예?"

　"예, 형님!"

　"형님, 부르셨습니까?"

　세 남자가 긴장한 얼굴로 최백호와 눈을 맞췄다.

　"새끼들, 많이 컸다?"

　"아, 아닙니다."

　"……."

　최백호는 의미심장한 눈으로 세 남자를 바라보았다.

　안도희가 자신을 직접 욕했을 리가 없다고 생각하자 이번에는 자신의 인간관계에 대한 실망과 허무함이 찾아왔다.

흥분이 가라앉자 보이지 않던 것들이 보였다.

일단 저 세 놈은 나쁜 놈들이다. 형수가 될지도 모를 여자를 세 놈이 은밀하게 따라간 것부터가 수상하다. 어디 그뿐이랴! 설사 형수가 될 여자가 심한 욕을 했다 해도, 그 자리에서 따먹고 팔아 치울 생각을 해서는 안 된다. 그건 정말 자신을 개 젓으로 여긴 행동이다.

"개새끼들⋯⋯."

최백호의 입에서 잔뜩 짓눌린 욕이 흘러나왔다.

화장지와 개털과 코딱지라고 불린 사내들이 하얗게 질린 얼굴로 자리에서 벌떡 일어섰다.

최백호의 상태로 볼 때 저건 사람 하나 때려죽여야 풀어질 일이었다.

그러나 최백호는 머리를 감싼 손을 풀지 않았다.

그 짧은 시간에 최백호는 일생일대의 용단을 내리고 있었다.

'씨발, 내가 인생을 잘못 살았다.'

저런 개새끼들과 형 동생하며 한집에서 뒹굴었다니.

홧김에 형수를 따먹겠다는 생각을 하는 새끼들과 같은 밥을 먹고 살았다니.

그러고 보면 확실히 안도희의 말이 틀린 것 하나 없다.

저것들과 자신은 정말 쓰레기인지도 모른다.

손가락 사이로 바닥에 던져둔 수금표가 보였다.

자릿세의 뚜렷한 하락과 사람들이 강남으로 떠나고 있다는 말
이 겹쳐졌다.

안도희의 차분하면서도 단호한 음성이 떠올랐다.

"여기서는 제가 할 수 있는 일이 없어요. 게다가 이곳의 식량

사정도 나빠지고 있고요. 그래서 우리뿐 아니라 많은 사람들이

강남으로 떠나고 있어요. 저와 가족이 자리를 잡지 못해서 언

제고 떠나야 한다면…… 지금이 좋은 기회라고 생각해요."

지금이 좋은 기회라는 말은 맞다.

'씨발! 사나이가 한 번 죽지 두 번 죽냐.'

그리고 만약 죽게 된다면, 사랑하는 여자와 함께 죽고 싶었다.

최백호는 자리에서 벌떡 일어섰다.

그리고 오들오들 떨고 있는 세 남자를 지나 밖으로 사라졌다.

최백호가 사라지자 세 남자는 맥이 풀린 듯 자리에 털썩 주저앉
았다.

"백호 형님 오늘 왜 저러신 데냐?"

"기분이 오락가락하신가 보네."

"크큭! 생리라도 하시나?"

세 남자는 드럼통에 손 닿는 대로 이것저것 쑤셔 넣으며 음담패설을 시작했다.

그날 이후로 둔촌동에서 최백호의 모습을 본 사람은 없다.

하루가 지나자 의적에서는 최백호가 외진 곳에서 강도를 당했거나, 사고로 얼어 죽었을 거라고 결론 내렸다. 누구도 잘나가는 의적의 이인자가 둔촌동을 떠났다고는 생각하지 않았다. 얼마 지나지 않아 최백호의 빈자리는 다른 사람으로 채워졌다.

*   *   *

이남 이녀가 눈길 위를 걷고 있다.

노부부와 젊은 남녀인 그들은 둔촌동을 떠난 안도희 가족과 최백호였다. 최백호와 안도희가 앞장서고, 노부부가 뒤를 따르는 모양새다.

두 그룹의 거리는 대여섯 걸음 정도였다.

그 거리는 더 벌어지지도, 가까워지지도 않았다.

안영섭과 윤정희가 딸과 최백호를 배려해 항상 일정한 거리를 유지한 까닭이다.

처음에는 그러지 않았다.

그러나 그간 수도 없이 최백호에게 도움을 받은 뒤로 두 부부는 딸과 최백호가 맺어지기를 은근히 바랐다. 최백호가 아니었다면 사흘도 버티지 못했을 것이다. 강남까지 얼마나 더 걸릴지 모르는 상황에서 최백호는 인연을 끊은 아들보다 든든한 남자였다.

묵묵히 걷던 최백호가 멈춰 섰다.

"쉬었다가 가야겠습니다."

"네……."

안도희는 다소곳이 답했다.

불쑥 찾아와 함께 가겠다고 한 뒤부터, 최백호는 안내자의 역할을 잘 감당해 주었다. 만약 그가 아니었다면 여기까지 오지도 못했을 것이다.

사흘을 함께 걷는 동안 나이부터 별 잡스러운 이야기까지 다 했다.

그의 나이는 자신보다 한 살 어렸다.

나이를 밝히고 나서부터 그는 둘만 있는 자리에서도 자연스럽게 존댓말을 썼다.

최백호가 어떤 마음으로 함께 하는지 알기에 안도희는 그를 대할 때 항상 조심하려고 애썼다. 그것이 그의 진지함에 대한 예의라고 생각했다.

곧이어 안영섭과 윤정희가 숨을 헐떡이며 다가왔다.

평지임에도 불구하고 노부부에게, 정말 끝없이 이어지는, 눈길은 산을 오르는 것과 같았다.

제자리에 서서 한동안 "헉헉!"거리던 안영섭이 땀을 닦으며 물었다.

"최 군, 오늘은 여기까지인가?"

"예, 곧 해가 질 것 같습니다. 해가 떨어지기 전에 쉴 곳을 찾아야 합니다. 그리고……."

최백호가 음성을 낮추었다.

"누가 지켜보고 있는 것 같습니다. 싸움이 날지도 모르니 자리를 잘 잡아둬야 합니다. 안 되겠다 싶으면 가족들을 데리고 달아나십시오. 제가 시간을 끌겠습니다."

"가, 강도들인가?"

"주변을 둘러보지 마십쇼. 어차피 지금은 보이지도 않습니다."

최백호는 위기가 닥쳐오고 있음에도 담담했다.

"알았네. 몸조심하게……."

안영섭이 최백호의 어깨를 가볍게 다독였다.

지난 며칠 동안 정이 들어서 그런지 남 같지가 않았다.

걱정이 되기는 안도희도 마찬가지다.

아직 최백호에 대한 마음의 확신은 생기지 않았다. 조직폭력배라는 선입견 때문이다. 그러나 그는 자신에게 가장 가까이 다가온 남자였다.

"부디 조심하세요."

안도희가 자신을 걱정해 주자 최백호의 얼굴에 미소가 떠올랐다.

"제가 누굽니까? 최백홉니다."

말을 마친 그는 씩씩하게 앞장서서 싸움에 유리한 장소를 찾기 시작했다.

최백호가 원하는 곳은 시야 확보가 잘 되고 퇴로가 보장된 곳이다.

고층 건물이 사라진 터라 시야 확보는 어렵지 않았다. 문제는 비상시 달아날 퇴로의 확보다.

"제길, 영화에서는 잘도 찾던데……."

현실 속에서 퇴로의 확보란 웃기는 소리다. 어디를 봐도 위태로워 보였다. 누구라도 마음먹고 쫓으면 덜미를 잡힐 수밖에 없다.

최백호는 더 늦어지기 전에 그냥 바람이나 피할 곳으로 목표를 변경했다.

그러자 곧 마음에 드는 장소를 찾을 수 있었다.

외벽이 멀쩡한 일 층 건물 하나가 눈에 띈 것이다. 물론 그 위로는 포탄에 맞아 날아갔지만, 안쪽에 벽으로 막힌 공간이 있을 것 같았다.

일단 건물로 들어가자 최백호는 "좋다!"를 연발했다.

뒷문이 제대로 붙어 있어 일단 유사시 사람들을 빼돌릴 수 있을 것 같았다.

마음을 비우니 시야 확보에 퇴로까지 보장된 장소를 찾게 된 셈이다.

실내 한가운데는 냉장고의 내부를 들어내고 누군가 불을 피운 흔적이 보였다.

이 건물에서 쉬어간 사람은 한둘이 아닌 것 같았다.

최백호는 차라리 잘 됐다고 생각했다.

타다가 만 나무 조각도 있었고, 바닥에는 숯까지 몇 덩어리 보였다.

최백호는 불에 탈 만한 것들을 끌어모아 다시 불을 지폈다.

안영섭과 윤정희는 구석진 자리에 최백호가 준 은박지 돗자리를 바닥에 깔고, 이것저것 주워다가 내벽을 세웠다. 그러자 금방 아늑한 잠자리가 만들어졌다.

불이 어느 정도 타오르자 네 사람은 간단하게 식사를 했다.

최백호가 가져온 빵과 MRE를 나누어 먹고 한숨 돌렸을 때다.

건물 주변에서 인기척 소리가 나는가 싶더니 누군가 뒷문을 잡고 흔들었다.

덜컹. 덜컹.

불청객들은 뒷문을 몇 번 잡아당겨 보다가 포기하고 앞쪽으로 왔다. 그리고 깨진 창문을 통해 들어왔다.

"아이고! 먼저 온 분들이 계셨네요?"

"반갑습니다! 요즘 돌아다니는 사람들이 좀 많네……."

"이제 눈이 안 와서 그래. 눈이 내리면 꼼짝 못 할 텐데. 그렇지 않습니까? 여러분? 어이쿠! 지금 보니 여자분들도 계셨네."

착한 것과는 담을 쌓은 얼굴의 세 남자가 떠들며 불가로 모여들었다. 그들은 마치 자기 집에 온 것처럼 자연스러웠다.

최백호가 웃으며 인사를 받았다.

"지나가는 길에 하루 쉬어가게 됐습니다. 어디 분들이십니까?"

이십 대 사내가 최백호의 곁으로 다가가며 거들먹거렸다.

"우리? 우리는 다 이 근처 사람들이지. 그런데 조촐하게 다니네? 이게 전부?"

말이 짧았지만 최백호는 웃으며 고개를 끄덕였다.

"그렇습니다."

"그렇구나, 그런데 어딜 그렇게 바쁘게 가던 중이신가?"

"강남에 가던 길입니다."

"오오! 강남? 요즘 강남 가는 사람 많네."

과장된 반응을 보이던 사내가 불가에 모여 있는 사람들에게 고개를 돌렸다.

"형님, 이 사람들도 강남 간다는데요?"

"그래? 거기 별거 없던데…… 왜들 목을 매나 몰라."

바짝 마른 삼십 대 후반의 남자가 보란 듯이 품에서 단검을 꺼냈다. 그리고 신발 밑창에 붙은 얼음을 툭툭 털어냈다.

이번에는 건장한 체형의 사십 대 텁석부리가 불에 손을 비비며 실실 웃었다.

"뜸 들일 거 뭐 있어? 앞에 젊은 놈만 정리하면 게임 끝인 것 같은데. 치질아, 빨리 작업 쳐라."

치질이라 불린 이십 대 남자가 히죽 웃으며 최백호에게 시선을 돌렸다.

"들었냐? 작업하……."

남자는 말을 채 맺지 못했다.

언제 움직였는지 모르게 남자의 곁에 바싹 붙어선 최백호의 손이 상대의 명치에 닿아 있다.

최백호의 손이 사내의 몸으로 조금 더 파고들었다.

"끄으윽……."

기이한 신음과 함께 남자의 몸이 뒤로 넘어갔다.

털썩.

곧이어 명치에서 솟아난 피가 바닥을 흥건히 적셨다.

아무렇지도 않은 얼굴의 최백호가 단검에 묻은 피를 팔에 닦으며 말했다.

"피곤하니까 빨리 들어왔으면 하는 소망이 있는데."

그제야 상대가 보통이 아니라는 걸 알아챈 두 남자가 천천히 자리에서 일어섰다.

마른 남자가 단검을 고쳐 잡았다.

텁석부리의 손이 느릿느릿 가슴으로 들어갔다.

최백호의 시선이 텁석부리의 손으로 향했을 때다.

마른 남자가 돌연 손을 흔들었다.

"큭!"

최백호의 입에서 신음이 흘러나왔다.

본능적으로 상체를 비틀었는데 단검 하나가 왼쪽 어깨에 박혀 있다.

마른 남자의 손에는 어느새 또 다른 단검이 들려 있었다.

"흐흐! 새끼, 침 좀 뱉어 봤나 본데…… 우리는 프로라고."

텁석부리의 손이 가슴에서 막 빠져나올 때다.

최백호가 오른손에 들고 있던 단검을 두 남자와 자신의 중간 지점으로 천천히 던졌다.

두 남자의 시선이 단검의 궤적을 따라 허공으로 향했다.

탕— 탕—

단검이 최백호와 두 남자 사이에 "툭" 떨어져 내렸다.

마른 남자가 뒤로 넘어갔다.

거의 동시에 턥석부리의 몸도 풀썩 쓰러졌다.

두 남자 모두 이마 정중앙에서 관통상을 입고 절명한 것이다.

"새끼들, 무슨 프로가 눈속임에 정신을 팔아……."

중얼거리던 최백호는 바닥에 떨어진 단검을 회수해 허리춤에 찼다.

그리고 마른 남자의 단검 두 자루와 턥석부리의 손에 들려 있는 러시아제 권총도 챙겼다.

뒤늦게 안도희가 달려가 최백호의 어깨를 치료했다.

구석에서 떨고 있던 안영섭과 윤정희는 최백호와 안도희가 시체를 치운 뒤에야 불가로 나왔다.

"고맙네. 나는 자네가 칼에 맞았을 때…… 다 끝난 줄 알았네."

"운이 좋았습니다. 총 가진 놈이 먼저 나섰다면 정말 위험할 뻔했습니다."

윤정희가 가슴을 쓸어내리며 말했다.

"하아! 세상에…… 어떻게……. 정말 놀랐어요. 서커스하는 사람처럼…… 그 나쁜 놈이 손바닥만 까딱인 것 같았는데…… 칼이 날아가더라고요."

"네, 그때는 저도 좀 놀랐습니다."

"……"

안영섭과 윤정희는 새삼스러운 눈으로 최백호를 보았다.

만약 이 남자가 없었다면 무슨 일이 생겼을까? 그 뒷일은 정말 상상하기도 싫었다.

"정말 고맙네. 자네는 우리 가족에게는 생명의 은인일세. 우리도 아들놈 하나 있는데, 어쩜 그렇게 자네와 다른지……. 그놈은 완전히 민폐만 끼쳐서……."

이 순간 안영섭은 자신의 아들이 '최백호의 반만이라도 닮았으면 소원이 없겠다'는 생각을 했다.

"아, 말씀 들었습니다. 그래도 좋은 분이라고……."

"좋은 분은 개뿔, 제 애미 애비의 가슴에 못만 박고 집을 나간 놈인데……. 집에 있을 때도 속을 썩이더니 나가서는 더 썩혀서…… 오죽하면 연을 끊을까…… 하아! 살아 있기는 한 건지……."

그렇게 욕을 하면서도 안영섭은 아들이 그리운 모양이다.

"살아 계실 겁니다."

"살아 있어도 고민이야 그놈은. 에잉!"

안영섭이 잔뜩 못마땅한 얼굴로 혀를 찼다.

집을 떠나 방황하고 있는 것도, 딸이 직장을 잃게 된 것도, 모두가 아들놈 하나 잘못 둬서 생긴 일이었다.

강도와의 싸움이 있은 뒤로 최백호와 안도희 가족은 더욱 조심했다.

　강남에 가까이 갈수록 유랑하는 사람들과의 조우도 늘어났다. 그 과정에서 안도희의 가족은 안전상의 이유로 몇몇 가족과 함께 움직였다. 그러자 강도를 만날 위험이 대폭 줄어들었다. 유랑하는 사람들 중에는 최백호처럼 무장을 한 사람도 있었다. 그렇게 무장한 사람들이 하나둘 늘어나니 강도들도 건드릴 생각을 하지 않은 것이다.

＊　　　＊　　　＊

　최백호와 안영섭 일가가 강남의 초입에 도착한 것은 둔촌동을 떠난 지 열흘 만의 일이었다.

　강남을 목표로 함께 움직이던 다른 일행들은 뿔뿔이 흩어졌다. 이제부터는 각자의 능력으로 강남에 진입해야 하기 때문이다.

　"저 초소가 전입 신청을 하는 곳이랍니다."

　최백호가 멀리 보이는 반파된 빌딩을 가리켜 보였다.

　재건정부가 들어선 강남답게, 초소도 몇 층짜리 빌딩에 자리하고 있었다.

　"전입이 허락되지 않으면 이렇게 되는 건가?"

안영섭은 둔촌동에서와 달리 자신감이 사라진 모습이었다.

강남의 외곽에서 마주친 사람들의 면면이 비범해 보인 까닭이다. 둔촌동에서는 딸에게서 빛이 났는데, 강남의 외곽에 도착해보니 평범했다.

강남에 진입하지 못한 외곽의 사람들도 이런데, 저 안쪽에 사는 사람들은 어떨까?

생각하니 괜히 주눅이 든다.

"그때는 그냥 외곽에서 살아야 한답니다."

"쩝……. 죽을 고생을 해서 여기까지 왔는데…… 들어가지 못한다면 참 거시기 하겠군. 구경은? 설마 구경도 못 하게 막나?"

"허락받지 않은 사람들이 들어오면 그냥 쏜답니다."

"쏴?"

"예, 강도단이 몇 번 위장해서 습격을 했다는군요. 그 뒤로 시민 보호를 위해서 그냥 쏜답니다."

"아니, 재건정부라며? 구경하겠다는 사람은 시민이 아닌가?"

"그것까지는 저도……."

최백호가 어깨를 으쓱해 보였다.

그런 복잡한 이야기는 알 수도 없고, 알고 싶지도 않았다.

최백호의 관심사는 오직 안도희밖에 없었다.

"도희야, 잠깐 보자."

안영섭이 입주 신청서를 쓰고 있던 딸을 한쪽으로 불러냈다.

"왜요?"

"너 최 군 어떻게 할 거야?"

"네? 무슨 말씀이세요?"

"우리 가족의 입주 신청서를 쓸 거잖아? 최 군과는 어떻게 할 거냐고? 여기서 헤어질 거야? 아니면 같이 입주 확인서에 올릴 거야?"

"그걸 왜 제게⋯⋯."

"아까 네 엄마하고 얘기를 했다. 너만 좋다면 우리는 찬성이다."

"예?"

안도희가 눈을 동그랗게 떴다.

갑자기 그런 이야기를 들으니 어떻게 해야 할지 몰랐다.

"최 군은 전문직이 아니니까, 혼자서는 입주하기 어려울 거 아니냐? 우리 가족으로 올리려면⋯⋯ 아무래도 너와 함께 사는 사람으로 해야지 될 거 같은데⋯⋯"

"그건 그렇지만⋯⋯."

안도희는 망설였다.

최백호가 싫은 건 아니다.

그러나 최백호와 함께 살고 싶다는 확신은 아직 없었다.

"그 사람 아니었으면 우리는 여기 오지도 못했다. 아니, 우리가 이렇게 살아 있는 것도 솔직히 그 사람 덕이 아니냐? 사람이 은혜를 알아야……."

안영섭은 말을 끊었다.

딸의 얼굴을 보니 무슨 말인지 알아들은 눈치다.

"아빠, 말씀은 충분히 알아들었어요. 백호 씨 이름을 함께 올리면 되는 거잖아요?"

"그렇지."

"그럼 그렇게 할게요. 이름 같이 올린다고 큰일 나는 것도 아니고……."

안도희는 자신의 남편으로 최백호의 이름을 올릴 용의가 있었다. 강남에 입주가 허락되기만 하면 된다. 서류상의 문제일 뿐 실제 함께 살아야 한다는 법은 없지 않은가!

결국 안도희는 입주 신청서에 최백호를 자신의 남편으로 기재했다.

막상 자기 손으로 써놓고 보니 기분이 야릇했다.

안도희는 입주 신청서를 초소에 접수 시켰다.

입주 신청서에 안도희의 남편으로 자기 이름이 올라간 걸 안 최백호는 하루 종일 실실 웃고 다녔다.

서류 접수를 마친 안영섭 일가는 일단 강남의 외곽에 자리를 잡기로 했다. 입주 허가가 언제 떨어질지 모르니 그때까지 머물 곳이 필요했던 것이다.

다행히 강남 외각에는 주인이 없는 빈 건물이 많았다.

문제는 난방이었다.

이미 건물 안팎의 목재는 다 뜯어서 연료로 사용한 뒤였다.

별수 없이 최백호가 조금 먼 곳까지 나가 땔감을 구해 와야 했다.

그렇게 최백호는 사위 겸 아들의 역할을 톡톡히 해냈다.

안영섭 내외는 그런 최백호가 마음에 들어, 언제부터인지 그냥 "최 서방"으로 부르기 시작했다.

*　　　*　　　*

서류를 접수시킨 지 일주일이 지나자 안영섭은 속이 타들어 갔다. 최백호가 의적에서 가지고 나온 음식도 다 떨어진 지 오래다. 이제는 말 그대로 하루하루 연명하는 처지였다. 굶기를 밥 먹듯 하는 날들이 계속될 때마다 강남에 대한 열망이 커져갔다.

안영섭은 땔감과 먹거리를 구하러 나갈 준비를 하는 최백호를 붙잡았다.

"최 서방, 나하고 같이 초소에 가 보세."

"초소에요?"

"서류를 넣은 지 일주일이나 지났지 않은가? 지금쯤이면 입주가 가능한지 아닌지 정도는 알 수 있을 것 같아서 말일세."

"아, 그렇기는 하죠."

최백호가 고개를 끄덕였다.

확실히 가부 간에 답을 들어야 할 때가 되긴 된 것 같았다.

"그러니 가서 확인이라도 해 보세."

"알겠습니다. 저도 궁금하던 참입니다."

최백호는 안영섭과 함께 숙소로 사용하던 건물을 나섰다.

"좋은 결과가 있을걸세."

"정말요?"

"그래, 어제 용이 승천하는 꿈을 꾸었거든."

"혹시 승천하는 용의 꼬리를 개가 물고 있지는 않았습니까?"

"예끼! 이 사람아! 진짜 멋진 꿈을 꾸었다니까! 용이 여의주를 물고 하늘로……."

말을 하던 안영섭이 우뚝 멈춰 섰다.

"장인어른?"

안영섭이 두 주먹을 불끈 쥐고 부들부들 떨었다.

얼마나 화가 났는지 얼굴도 하얗게 핏기마저 사라졌다.

저 옆모습은 분명히 연을 끊은 아들이다.

"안 돼, 안 된다. 여기가 어디라고 네놈이…… 도희를 병원에서 내쫓은 걸로도 부족해서…… 여기까지 와 분탕질을 치려고? 내 저놈을!"

안영섭이 빠른 걸음으로 초소를 향해 걸어갔다.

*   *   *

"정지! 어떻게 오셨습니까?"

초소를 지키고 있던 경비대원 하나가 다가오는 두 사람을 향해 총구를 돌렸다.

한 사람이 다른 한 사람을 부축하고 있었다.

하나는 부상을 입은 것 같았다.

그래도 경비대의 두 사람은 미동도 하지 않았다.

오히려 당장이라도 쏠 것처럼 정조준까지 했다. 강도단에게 몇 번 당하고 난 뒤로는 눈에 보이는 걸 믿지 않기로 한 지 오래다.

축 늘어져 있던 남자가 힘겹게 고개를 들어 올렸다.

"……민식이냐? 나다. 대장님 잘 계시지?"

"명서 형? 헉! 모, 모세?"

이형석의 입에서 비명 같은 탄성이 흘러나왔다.

가만 보니 최명석을 부축하고 있는 사람은 전설처럼 전해지는 안상혁이었다.

안상혁과 눈이 마주치자 경비대 두 사람은 저도 모르게 "충성!"이라는 구호와 함께 경례까지 올리고 말았다.

잠시 후 안상혁과 최명석이 초소로 들어갔다.

안영섭은 이해할 수 없는 광경 앞에 고개를 갸웃거렸다.

"내가 잘못 봤나……."

자신의 아들이라면 경비대원이 경례를 할 이유가 없다. 오히려 서로 죽이지 못해 안달이 나야 정상이다. 아무래도 노안(老眼)에 뭘 잘못 본 모양이다.

"쯧, 늙으면 죽어야지……."

달아오르던 피가 한순간 식어 버렸다.

흐릿한 시력에, 거리까지 먼데, 그 사람을 아들이라고 생각한 자신이 우스웠다.

"정지하세요! 어떻게 오셨습니까?"

"……."

노인 하나가 끼었다고 경비대원의 말투가 부드럽다.

상대의 예의 바름에 속으로 피식 웃던 최백호가 안영섭을 대신해 말했다.

"입주 신청서가 어떻게 됐나 확인하러 왔습니다."

"언제 냈습니까?"

"일주일 전입니다."

"그렇다면 그냥 돌아가세요. 사흘 이내에 연락이 안 갔으면 승인되지 않은 겁니다."

"⋯⋯."

최백호가 머리를 긁적이며 안영섭을 바라보았다.

"떨어졌다는데요?"

"그, 그래?"

안영섭은 한순간 눈앞이 캄캄해졌다. 그래도 예비 사위 앞이라고 애써 태연한 척 말했다.

"에이, 역시 안 되는구먼."

막 돌아서는 안영섭의 귓가로 죽어도 잊지 못할 소리가 들려 왔다.

"아버지!"

"⋯⋯."

안영섭이 홀린 듯 천천히 돌아섰다.

부자의 인연을 끊은 아들, 안상혁이 초소 앞에 서 있었다.

"너, 뭐야⋯⋯. 네놈이 왜 여기 있어? 썩 꺼지지 못해! 또 무슨

못된 짓을 하려고! 이놈! 여기가 어딘 줄 알고! 썩 꺼지거라! 이놈
아!"

……

분노한 안영섭을 뜯어말린 것은 경비대원들이었다.

경비대원들은 안영섭이 왜 그렇게 화를 내는지 알지 못했다.

안상혁의 흑역사를 아는 사람은 특공대뿐인데, 이 자리에서 특
공대 출신은 최명석이 전부였다.

경비대원은 안상혁에 대한 두려움과 존경심으로 감히 이유도
묻지 못했다.

한편 안영섭은 죽도록 미운 아들이지만, 자경대에 잡혀가면 죽
는다는 걸 알기에, 그저 꺼지라고만 했다. 자신이 아는 한 아들은
자경대와 재건정부의 원수였다. 얼마 전만 해도 도희가 오빠의 일
로 병원에서 잘리기까지 하지 않았던가!

그렇게 전설적인 아들은 안타까운 얼굴로 아버지의 이름을 부
르고, 아버지는 무조건 꺼지라고 소리치는 기이한 일이 벌어졌다.

아들과 아버지의 팽팽한 신경전은 이현도 위원장과 박세기 대
장이 마중을 나와서야 끝났다.

강남을 대표하는 두 사람의 갑작스러운 등장은 한동안 사람들
의 입에 오르내릴 정도로 장관이었다.

이현도 위원장은 시민 대표인 아홉 명의 위원을 모두 끌고 나왔고, 이에 질세라 박세기 대장도 오십 명의 중무장한 경비대원과 함께 달려왔다.

처음에 안영섭은 중무장한 경비대원들이 달려오는 것을 보고 절망할 수밖에 없었다.

그냥 조용히나 있을 걸.

자신의 어리석음으로 하나밖에 없는 아들을 죽음으로 몰아넣었다고 생각했다.

왜 이런 일이 벌어졌을까?

생각할수록 머리가 어질어질했다.

둔촌동을 떠나면 안 되는 거였다고 미친놈처럼 중얼거렸다.

하필 강남의 경비대 초소 앞에서 아들과 만나게 될 줄이야!

그러나 이어진 광경에 안영섭의 눈은 더 커질 수 없을 만큼 휘둥그렇게 떠졌다.

재건정부의 대표라는 위원장이 아들을 "선생님"이라고 불렀다.

자경대의 대장도 "선생님"이라고 했다.

혁명군 아들은 강남의 재건정부 인사들에게 "선생님"으로 통하고 있었다.

안영섭은 꿈이라고 생각했다.

자신이 그러기를 바라는 마음에 이런 말도 안 되는 꿈을 꾸고 있는 거라고.

그러나 그 행복한 꿈은 시간이 오래 지나도 깨지 않았다.

그제야 비로소 이 모든 게 현실이라는 걸 알게 된 안영섭은 아들의 손을 잡고 목 놓아 울었다.

그렇게 살 바에야 차라리 나가 죽으라고 내쳤던, 전쟁 통에 진짜 죽은 줄 알았던, 그 아들을 다시 되찾았다는 사실이 너무 기쁘고 감사했다.

이젠 떳떳하게 아들의 이름을 부를 수 있게 됐다는 것도 좋았다.

살아서 이 좋은 날을 보게 될 줄 몰랐다.

그래서 더 울 수밖에 없었다.

제9화

우선순위

최명석의 부상은 의외로 심각했다.

그는 경기도에서 강도단과의 전투 중 어깨에 총상을 입었다. 안상혁이 제때 응급처치를 했지만 강남에 도착한 그 날 밤 혼수상태에 빠져 버렸다. 수술 후 항생제를 충분히 쓰지 못한 데다가 계속된 여행으로 체력까지 바닥이 나서 총상의 염증이 악화된 것이다.

당연한 일이지만 안영섭 일가는 강남에 무사히 안착할 수 있었다.

이현도 위원장과 박세기 자경대장은 안영섭 일가를 잡기 위해 꽤나 공을 들였다. 안상혁의 가족이라도 강남에 잡아 두면 뭔가 수가 생길 거라고 믿은 탓이다. 강남의 지도층은 안상혁과 강유진이 국가 재건의 핵이라는 인식을 공유하고 있었다. 그래서 전에 강유진에게 해 주지 못한 특혜를 안상혁의 가족에게 쏟아붓기로 했다.

3층 위로는 날아가고 난방도 되지 않지만 그래도 강남 최고의 아파트를 내주었다.

안도희는 강남에서 가장 시설이 좋은 병원에 수간호사로 취업이 됐다.

안영섭은 뜬금없이 위원회의 고문으로 임명되었다.

그야말로 재건정부가 세워선 이래 최고의 특혜였다.

그뿐 아니다. 안영섭 일가는 우선 배급 대상자의 명단에 올라 배식자들이 찾아다니며 음식을 배달했다.

과거 강유진에게 홀대했던 위원회가 다시 찾아온 기회를 놓치지 않겠다며 공을 들이고 있는 것이다.

자세한 내막을 아는 사람은 극소수인지라 특혜는 한동안 사람들 입에 오르내렸다.

안상혁은 최명석의 치료에 신경을 쓰느라 가족들의 이주 문제에 대해서 가타부타 말하지 않았다. 최명석이 건강을 되찾으면 가족들과 새로운 정착지로 떠날 생각인지라, 알고도 모른 척하는 경우가 많았다.

위원회에서는 그런 안상혁의 태도를 OK 사인으로 받아들였고,

더 많은 특혜를 주기 위해 애썼다.

한편 안영섭 일가는 재건정부에서 왜 그렇게 잘해 주는 알 수 없어 고민했다.

안상혁과 관계가 있는 것까지는 눈치로 짐작했는데, 누구도 납득될 만큼 설명해 주지 않았다. 강남에 아는 사람이 없는 상태인지라 따로 물어볼 사람도 없었다.

결국 안영섭 일가는 가족회의 끝에 두 가지로 결론 내렸다. 하나는 안상혁이 혁명군의 정보를 빼돌려 재건정부를 위해 대단한 공을 세웠을 가능성이다. 다른 하나는 상상하고 싶지도 않은 그 반대의 경우다. 철저한 공산주의자인 안상혁의 위장 전술에 재건정부가 놀아나고 있을 수도 있다.

충분히 고생한 안영섭 일가는 제발 전자(前者)이기를 소원했다.

사정이야 어떻든 안영섭 일가가 잘 풀리자, 입장이 애매해진 사람은 최백호다.

안영섭의 아파트에 방 하나를 얻어 지냈지만 하루하루가 괴로웠다.

안도희와 같은 집에 살고 있지만, 진짜 남편이 아닌지라 눈치만 보였다.

오빠라는 남자와도 인사를 나누었지만, 둘 다 비사교적인 사람들 인지라 서걱거렸다.

결정적으로 최백호를 괴롭게 만드는 건 식사 시간이다.

최백호는 우선 배급 대상자의 명단에 오르지 못해, 하루 두 차례 사이렌이 울리면 건물 밖으로 뛰어나가야 했다. 배식을 받기 위해서다.

낯선 사람들 속에 들어가 줄을 설 때마다 최백호는 소외감을 느꼈다. 때로는 비참하기까지 했다. 그럴 때면 다 때려치우고 둔촌동으로 돌아가고 싶었다. 안영섭 일가와 여행을 할 때는 몸이 힘들었지만 행복했는데, 강남에서는 그 반대였다.

자꾸 마음이 흔들리자 최백호는 매일 병원을 찾아갔다.

표면상으로는 간호를 하고 있는 안상혁의 말벗이 되어 준다는 것이었지만, 사실은 병원에 나가 있는 안도희를 보기 위해서였다.

"누워 계신 분하고 아주 친한가 봅니다?"

최백호가 우두커니 앉아 있는 안상혁에게 한 시간 만에 건넨 말이다.

"그래, 의동생이다."

안상혁은 최백호가 동생의 남자라고 생각해서 첫 만남부터 말을 놓았다.

그렇다고 더 친해진 것도 아니다. 오히려 안상혁은 최백호의 몸에서 풍겨 오는 범상치 않은 기운에 은근히 경계하는 편이었다.

"아! 그런데 어쩌다가 총상을……."

"성남에서 강도단을 만났다."

생각만 해도 화가 난다는 듯 안상혁의 눈가가 파르르 떨렸다.

성남이라고 적힌 도로 표지판을 발견하고 살짝 긴장을 푼 게 문제다. 여주와 이천을 지나는 동안 소규모의 도적들과 마주쳤다. 거의 대부분 안상혁과 최명석이 먼저 발견해서 싸움을 피할 수 있었다. 모두 피할 수 있었던 건 아니다. 잠자리를 준비하다가 급습을 당한 적도 있었다.

서울과 인접한 도시니 더 조심했어야 했다. 그런데 "위기의식" 보다는 "거의 다 왔다"는 데서 오는 안도감이 조금 앞섰나 보다.

한낮에 시가지를 지나던 중 최명석이 피격당했다.

그 뒤로 한 시간가량 총격전이 벌어졌다.

실탄을 그때 거의 다 소진했다.

두 사람이 사살한 적들만 13명.

괴멸에 가까운 타격을 입자 강도들은 물러갔다.

만약 강도단이 처음부터 총력전을 벌였다면 그 반대가 됐을 것이다. 그러나 강도단은 ─상대의 역량을 몰랐기에 그랬을 것이다─ 전력을 기울이지 않았다. 덕분에 부상까지 입은 최명석과 함께 그들을 각개격파하듯 물리칠 수 있었던 것이다.

안상혁은 최명석이 중태에 빠진 것을 자신의 탓이라 여겼다. 기습강탈의 경험이 많은 자신이 조금 더 주의했더라면 충분히 피해 갈 수 있었던 일이라고 생각한 것이다.

강도들이 숨어서 총구를 겨누고 있을 그때, 최명석은 자신의 시시껄렁한 질문에 답하고 있었다.

"미나 씨가 언제 여자로 느껴졌냐고요? 그때가 그러니까…… 제가 미국에 출장을 간 적이 있거든요. 그때 미나 씨와 함께 강 선생님 지원 작전을 한 적이 있어요. 그게 무슨 작전이었냐면……."

탕—

그 순간 놀랍게도 최명석은 쓰러지지 않고 총을 뽑아 응사했다. 장난기 넘치는 평소의 행동을 생각하면 믿어지지 않을 만큼 눈부신 대응이었다.

그날 최명석이 한 사람 몫을 다하지 못했다면 둘 다 살아남지 못했을 것이다.

안상혁은 머리를 흔들어 기억을 떨쳐 냈다.
강도들이 출몰하는 도시를 걸으며 한눈을 팔았다.

그렇지 않아도 죄 많은 자신이 치렀어야 할 그 대가를, 명랑 만화의 주인공 같은 최명석이 대신 짊어지고 있다.

최명석을 보는 안상혁의 마음은 그래서 더 무거웠다.

어쩌면 가족의 일에 적극적으로 나서지 않고 있는 것도 그 때문인지 모른다.

송구함과 어색함도 있지만, 그보다는 최명석을 이렇게 만들었다는 자책감이 그를 더 병상 앞에 붙들어 두고 있었다.

안상혁의 말에 최백호는 놀라서 눈만 끔뻑였다.

강도단?

세상에, 강도단이란다. 강도나 도둑놈 "들"이 아니라 무려 "단"이다.

'두 사람이라고 들었는데…….'

강도단이란 소리를 들으려면 최소한 10명 이상이 무장을 하고 몰려 다녀야 한다.

단 두 사람이 그 정도의 숫자와 만나서 한 사람만 다쳤다?

행운도 그런 행운이 없다.

"와아! 저도 이상한 놈들을 만났었는데……."

"들었다. 고맙게 생각하고 있다."

"고맙긴요…….”

최백호는 잠시 뻘쭘해졌다.

늘 느끼는 바이지만 오빠라는 사람과의 대화는 이렇게 건조하다.

"조폭이라고 들었다."

'헉!'

최백호는 움찔 놀라 대답도 잊었다.

돌직구도 이런 돌직구가 없다.

"저어, 들으셨는지 모르겠는데 손 씻은 지 오랩니다."

"뭐라고 탓하는 게 아니다. 나도 나쁜 짓 많이 하고 다녔으니까."

"아, 네……."

최백호가 안상혁을 힐끔 곁눈질했다.

호리호리한 체구에 싸움을 잘할 것 같지 않아 보이는 인상이다. 마른 체형 탓에 날카롭게 보이지만 어떻게 보면 그냥 신경질적으로 생긴 남자다. 혁명군에 투신해서 가족들로부터 의절당하기도 했다는 것만 빼면 그냥 평범한 아저씨라고나 할까?

그래도 안도희의 오빠라는 사실 하나 때문인지 자꾸 움츠러들게 된다.

"도희가 보수적이라, 신경 좀 써야 할 거다."

"하하! 그건 좀 그렇습니다."

"잘 부탁한다."

"에이, 부탁이라뇨, 형님."

최백호는 처음으로 "형님"이라고 부른 뒤, 슬쩍 얼굴을 살폈다.

안상혁은 아무렇지도 않다는 표정이다.

최백호는 산 하나를 넘은 기분이 들었다. 부모에 이어 오빠에게도 인정을 받았으니 남은 건 안도희의 마음을 얻는 것뿐이다.

그런데 안도희를 생각하자 한숨이 흘러나온다.

안도희가 간호사로 출퇴근하게 되면서 얼굴을 보기도 어려운 형편이 되었다. 어쩌다 하루에 한 번, 그것도 스치듯 지나치는 게 전부다.

둔촌동에서와 달리 강남의 재건정부에서 안도희의 가족은 VIP 대접을 받았다. 자신도 이유는 모른다. 심지어 안영섭 일가도 모르는 눈치다. 이웃 사람들도 모른다고 했다. 오히려 "어떤 분들이 시기에 오자마자 '우대권'까지 받았느냐?"고 묻는 상황이다.

이유야 어떻든 보호하다가 돌봄을 받는 위치로 전락하자 기분이 꿀꿀했다.

안도희 생각을 하자 갑자기 그녀가 보고 싶었다.

같은 병원에 있으니 얼굴을 보는 건 어려운 일이 아니다. 사실 여기 온 것도 안도희를 한 번이라도 더 보고 싶어서였다.

"저어, 형님, 저는 도희 씨를 좀 만나러……."

"그래, 잘 가라."

최백호는 자리에서 일어나 허리를 직각으로 꺾어 인사를 했다.

자기도 모르게 들떠서 옛날 습관이 나온 것이다.

상체를 세우는 최백호의 귓가로 안상혁의 조용하면서도 단호한 음성이 들려 왔다.

"나 조폭 아니다."

"아, 예……."

최백호는 얼굴을 붉히며 뒤통수를 긁적였다.

안상혁은 더 이상 아무 말도 하지 않았다.

더 이상 말이 없자 최백호는 조심스럽게 병실을 빠져나갔다.

'아! 씨발, 점수 깎였다!'

한숨을 푹푹 내쉬던 최백호는 어깨를 늘어트리고 데스크로 걸어갔다.

*   *   *

다행히 최명석은 사흘 만에 의식을 회복했다.

그제야 눈물 속에서 가족들과의 상봉이 이루어졌다.

그리고 일주일이 더 지나자 자리에서 일어나 돌아다닐 정도가 됐다.

최명석이 병원에서 나간 것은 입원한 지 보름만이다.

안상혁은 최명석을 일단 가족들에게로 보냈다. 정착지로 떠나려면 건강부터 회복해야 하기 때문이다.

그 뒤로 안상혁과 최명석에게는 무료하다고밖에 표현할 길이 없는 일상이 지속됐다.

평화가 깨진 것은 두 사람이 강남에 도착하고 한 달쯤 지나서다.

강남의 외곽 초소로 대규모 인원이 다가갔다.

노인과 어린아이를 동반한 오십여 명은 민간인 복장이지만, 무려 20여 명은 군복에 제대로 된 무장까지 하고 있었다.

서서히 다가오는 사람들을 경계의 눈으로 보고 있던 경비대원이 소리쳤다.

"멈추십쇼! 무슨 일로 왔습니까!"

민간인 복장을 하고 있던 사람들 가운데서 오십 대 남자가 대표인 듯 앞으로 나섰다.

"우리는 보훈병원의 의료진과 경비 병력입니다. 재건정부에 동참하기 위해서 왔습니다."

병원장 김대범은 자신들이 유력인사라는 것을 강조하기 위해 재건정부라는 말을 앞세웠다. 강남에 들어가고 싶어서 찾아온 일반 피난민들과 다르다는 것을 돌려서 말한 것이다.

"……."

경비대원 김민식은 조금 난처한 얼굴로 상대를 바라보았다.

재건정부의 전입자 우선순위는 다달이 갱신된다.

하루에도 수십 명씩 전입 희망자가 몰려온다. 그들 대부분이 전문 인력들이다. 그러다 보니 도시의 재건에 필요한 인원은 거의 채워진 상태였다. 물론 도시의 규모를 생각하면 턱없이 부족한 숫자지만, 전기도 기름도 없는 도시에서 재건은 사실상 구호에 불과했다.

'의료진이 어디에 있더라…….'

김민식은 우선순위 목록을 살폈다.

의료진은 최하위에 겨우 이름을 올리고 있었다.

장기적으로 볼 때 의료진이 더 필요한 것은 사실이지만, 지금 당장은 중요하지 않다는 뜻이다.

김민식은 한쪽에 위풍당당하게 서 있는 무장 병력을 보다가 다시 서류로 시선을 돌렸다.

무장 병력에 대한 조항은 아예 명단에서 빠져 있다.

'쯧! 불쌍한 녀석들…….'

이미 강남은 자체 방어는 물론 외곽지역 순찰까지 돌릴 수 있는 무력을 지니고 있다. 여기서 더 무장 병력을 받아들이는 것은 식량의 낭비다.

김민식은 군용 유선 전화 TA-312로 본부와 긴급통신을 했다.

"아아! 들립니까? 대장님, 1초소 김민식입니다. 보훈병원 의료진 50여 명과 경비부대 20명이 입주 신청을 하러 왔습니다. 이상."

"기다리라고 해라. 내가 위원들과 지원부대를 데리고 가서 처리하겠다. 이상."

"알겠습니다. 이상."

김민식은 단번에 어떤 상황인지 알아차렸다.

대장은 혹시라도 전입이 거부된 무장 병력이 난동을 피울까 봐 경비대를 동원하려는 것이다.

'의료진은 몇 명이나 받아들이려나?'

잠시 생각해 보았지만, 자신의 위치에서는 알 수 없다.

지금처럼 대규모의 입주 신청이 있을 때 적정수를 정한다는 것은 쉬운 일이 아니다.

'뭐 위원회가 있으니까.'

골치 아픈 일은 위원회의 몫이다.

그런 일 하라고 뽑아 놓은 사람들이니까.

생각을 정리한 김민식은 밖으로 나갔다.

대표로 보이는 남자가 기대에 찬 얼굴로 더 가까이 다가왔다.

"모두들 이곳에서 대기하시랍니다. 기다리고 계시면 대장님과 위원들이 나올 겁니다. 대략 10분 정도 기다리시면 될 겁니다."

"알았소. 나는 병원장 김대범이오. 전에 이주해 달라는 요청도 몇 번 받았었는데……. 뭐, 그건 그렇고, 위원장님과 통화를 할 수 있겠소?"

이틀 동안 눈길을 헤치고 온 김대범은 길거리에서 기다리고 싶지 않았다.

사회적 지위와 체면이 있지 어떻게 덜덜 떨면서 서 있는단 말인가?

"걱정 마십시오. 위원회에도 이미 연락이 갔을 겁니다."

"아니, 내 말은 지금 위원장님과 따로 통화라도 할 수 있게 조치해 달라는 거요."

"죄송합니다. 경비대는 초소를 지키고, 특이사항을 안으로 통보하는 일만 할 수 있습니다."

"내가 그 특이사항에 해당되니까……."

"예, 그래서 대장님께 연락드렸습니다. 이곳에서 모두 기다리게 하시라는 명령을 받았고, 조금 전에 그대로 전해드렸습니다."

"아, 젊은 사람이라 영 말귀를 못 알아듣네……. 쯧! 나는 여기 높은 사람과 대화를 할 수 있게 해 달라고, 당신에게 요구하고 있는 거요. 이제 내 말을 좀 알아듣겠소?"

김대범의 음성이 조금 높아졌다.

그래도 김민식의 표정과 음성은 변함이 없었다.

"네, 그래서 대장님께서 나오고 계신 겁니다."

"거 젊은 사람이 일 처리를 참 못하네. 알겠소. 내 당신 대장에게 직접 말하리다. 두고 봅시다. 에잉! 쯧!"

말이 통하지 않는다고 생각한 김대범은 혀를 차며 돌아섰다.

박세기 대장은 위원회에 연락을 해서 몇몇의 위원과 함께 초소로 출발했다. 돌려보내야 할 사람이 많은지라 잡음을 줄이기 위해서다.

중무장을 한 제3 경비대 병력 오십 명이 뒤따랐다.

"허허, 고문님과 함께 가니 든든합니다."

이현도 위원장이 옆에 있는 안영섭에게 말을 걸었다.

"에구, 별 말씀을요."

안영섭의 얼굴이 벌겋게 달아올랐다.

아침부터 위원회에 불려 나가 잡담으로 시간을 보냈다. 그러던 중 갑작스러운 위원장의 동행 요청으로 따라 나왔다. 조금 특별한 경우라 위원회가 가서 처리해야 한다나?

"그런데 가면 어떤 일을 하는 겁니까?"

"아, 제가 설명을 아직 못 드렸군요. 전문의료직과 관계된 입주 신청자들이 몰려 온 모양입니다. 사실 의료 인력은 다 받아들여야

하지만…… 우리의 형편이 좋지 못해서 선별해서 받아들이기로
했습니다.”

“아!”

안영섭의 입에서 탄성이 흘러나왔다. 간호사인 딸이 바로 일자
리를 얻어서 의료인들에게는 천국인 줄 알았는데, 그런 것도 아닌
모양이다.

“사실 외과 전문의 외에는 당분간 전입 허가를 내주지 않기로
했습니다.”

“그렇군요.”

안영섭은 다른 분야, 예컨대 간호사에 대해서는 물어볼 엄두도
나지 않았다.

왠지 그래서는 안 될 것 같았다.

1초소에 도착하자마자 박세기는 데리고 간 3경비대 병력을 적
절한 위치에 배치했다.

그리고 대표자로 보이는 남자에게로 성큼성큼 다가갔다.

“경비대장 박세기입니다. 누가 인솔자십니까?”

대충 분위기로 보아 알 것도 같았지만 박세기는 다시 물었다.

박세기의 묘한 박력에 김대범은 괜히 긴장이 됐다.

“제가 보훈병원 의료진 대표 김대범입니다.”

박세기가 뒤쪽에 서 있는 위원들을 가리키며 말했다.

"위원장님과 위원들께서 승인 과정에 참관하시겠다고 해서 모셔 왔습니다."

"아, 예……. 그런데 어느 분이 위원장님이십니까?"

김대범이 위원들이 있는 곳으로 시선을 돌렸다.

이현도가 그런 김대범의 앞으로 걸어갔다.

"제가 위원장 이현도입니다."

"아! 위원장님이시군요. 다시 인사드리겠습니다. 김대범입니다. 전부터 말씀 많이 들었습니다. 사실 더 일찍 왔어야 하는데 환자들이 밀려 있어서 지금에야 오게 되었습니다."

김대범이 악수를 위해 손을 내밀었다.

사실 환자가 밀려 있어서가 아니라 식량 사정이 나빠져서 둔촌동을 떠났지만 알 게 뭔가!

이현도는 김대범의 손을 살짝 잡았다가 바로 놓았다.

그러고는 곧바로 위원들 속으로 들어가 버렸다.

김대범은 살짝 당황할 수밖에 없었다.

위원장과 병원장의 독대를 통해 뭔가 더 많은 이익을 얻어 내고 싶었는데, 그럴 틈을 주지 않았다.

"이제 어떻게 하면 됩니까? 서류 작성을 하면 되나요?"

한풀 꺾인 김대범이 박세기 대장에게 고개를 돌렸다.

박세기가 사무적으로 답했다.

"여러 선생님들에게 양해의 말씀을 구하겠습니다. 현재 강남의 의료진은 시설과 인구를 감안하면 포화 상태입니다. 그래서 위원회에서는 외과를 전공하신 선생님들에게만 입주 자격을 주기로 결정 했습니다."

"그, 그게 무슨 소리요? 외과 전공의만 들어갈 수 있다니? 설마 다른 선생님들과 간호사들은 입주할 수 없다는 말입니까?"

"그렇습니다. 오직 외과 전공의만 입주를 하실 수 있습니다."

김대범은 갑자기 눈앞이 캄캄해졌다.

자신은 내과의다. 보다 세밀하게 말하면 소화기 내과(췌장, 담도, 대장, 위, 간, 소장, 식도) 전공이다.

"나, 나는 내과의지만 병원장이오."

"죄송합니다만, 지금은 외과 전공의에 대한 입주만 허락되고 있습니다."

"아니, 그게 대체 무슨 말도 안 되는 소리요? 지난해에도 몇 번이나 와 달라는 소리를 들었는데! 이제 와서 입주할 수 없다니!"

"작년에 오셨다면 충분히 입주하셨을 겁니다. 지금은 의료진들의 수가 많아서 선별해서 받아들이고 있는 형편입니다."

"허! 이게 무슨 말도 안 되는…… 그럼 다른 사람들은 어떻게 되는 거요? 우리와 함께 온 경비부대 말이오. 분명히 말하는데 그들은 우리와 함께가 아니면 입주하지 않을 거요."

"상관없습니다. 이미 말씀드렸다시피 여러분 중에서는 외과 전공의만 입주하실 수 있으니까요."

"아니! 이게 무슨 개소리야!"

김대범이 소리를 버럭 내질렀다.

함께 온 경비부대를 믿고 큰소리를 치기 시작한 것이다.

"당신과는 말이 안 통해! 거기 위원장님! 얘기 좀 합시다!"

김대범이 뒤쪽에 서 있는 이현도를 불렀다.

그러나 이현도는 듣지 못한 척 딴청을 부렸다. 가 봐야 박세기와 같은 말을 해야 하니 피한 것이다.

"고문님, 사실 우리가 폭넓게 외과 전문의를 구하고는 있지만…… 거의 구색 갖추기라고 할 수 있습니다."

"네?"

안영섭의 눈이 커졌다.

어렵게 선별하고서 구색 갖추기라니?

"사실 외과의들이 많아도 특수 장비의 도움을 받아야 하는 수술은 할 수가 없습니다. 전기 공급이 원활하게 이뤄지지 않아서…… 세밀한 수술 자체가 거의 불가능하거든요. 그러니까 지금은…… 나중에 전기나 에너지 대용품이 개발되었을 때를 대비해서 준비하는 차원이라고 보시면 됩니다."

"아!"

새삼 안영섭은 자신이 "아프면 안 되는 세상"에 살고 있음을 깨달았다.

김대범은 위원장까지 외면하자 일행에게로 돌아갔다.

이미 두 사람 간에 오간 소리를 듣고 대충 상황을 파악한 사람들은 다들 분기탱천해 있었다.

"들으셨다시피 외과 의사만 입주가 된답니다. 몇 번 항의해 봤지만…… 내과, 정신과, 방사선과, 간호사, 경비부대 등은 받아줄 수 없답니다. 미친놈들 같으니!"

"뭐라고요? 그게 말이 됩니까?"

"아니, 자기들이 와 달라고 해서 온 것 아닙니까!"

"이제 와서 그게 무슨 말입니까! 그럼 다른 사람들은 어디로 가라고!"

한순간에 도떼기시장처럼 시끌벅적해졌다.

고성이 오가고, 욕설이 난무했다.

무장까지 하고 있는 경비부대는 당장이라도 총질을 할 것처럼 날뛰었다.

"씨발! 뭐하자는 개수작이야?"

"김 중위 님, 다 쓸어버리자고요!"

"박 하사! 쏴 버려!"

"나라가 없어졌다고 군바리를 젓으로 아는 거야?"

"저 새끼들 갈겨 버릴까?"

"어이쿠! 이 병장님 참으십쇼."

그 와중에도 한쪽에서는 입주 신청서를 작성하느라 분주했다. 선택받은 일곱 명의 외과의이다.

간호사들은 이미 포기한 얼굴로 가족들에게 돌아가고 있었다.

경비부대를 인솔하고 온 김철호 중위가 박세기 대장에게 다가갔다.

"안녕하십니까? 경비대 지휘관 김철호 중위입니다."

"박세기입니다."

김철호 중위는 어딘지 단단해 보이는 박세기 앞에 서자 조금 진정이 되는 기분이다.

생각 같아서는 확 엎어 버리고 싶었지만 그럴 수 없다는 걸 알고 있었다. 무장한 병력 앞에서 그러는 건 자살이나 마찬가지였다.

"우리는 현역 군인이었습니다. 강남에 도움이 될 거라고 생각합니다."

박세기는 고개를 저었다.

"죄송합니다. 무장 병력은 이미 정원을 초과한 상태입니다. 차라리 인근의 다른 도시로 가 보실 것을 추천하고 싶습니다. 용산 처럼…… 자치도시를 운영하실 수 있을 겁니다."

"정말 안 되겠습니까?"

"도움이 못 되어 미안합니다."

박세기는 담담한 시선으로 김철호 중위를 바라보았다.

김철호 중위는 박세기의 눈에서 타협이 불가능함을 알았다.

그렇다면 남은 건 떠나거나, 점령전을 벌이는 것뿐이다.

주위를 둘러보던 김철호 중위의 입에서 한숨이 흘러나왔다. 자신들보다 훨씬 많은 무장 병력이 굳은 얼굴로 경계를 서고 있다.

"동포끼리 총질을 할 수는 없으니 물러가겠습니다."

김철호 중위는 인사도 없이 돌아섰다.

박세기는 그의 심정을 이해하고 한편으로는 동정했다. 그러나 그렇다고 저들을 받아 줄 수는 없었다. 강남의 형편은 그 정도로 넉넉하지 못했다.

김철호 중위가 부대원들과 가족들을 데리고 한쪽으로 빠졌다.

그러자 난리를 치던 나머지 의사들도 잠잠해졌다.

그들도 이곳에서 싸움을 벌일 수 없다는 것 정도는 알고 있다.

지금은 옛날처럼 평화롭게 법을 앞세우는 시대가 아니다. 나라가 있는 것도 아니다. 총과 칼이 사람보다 앞서는 시대다.

여기서 80명이 떼죽음을 당해도 누구 하나 울어 줄 사람도 없다.

결국 보훈병원 사람들은 외과 의사와 그들의 가족을 남겨두고 떠나기로 했다.

한쪽에서는 김대범과 김철호 중위가 강남이나 용산처럼 자치도시를 만들기로 합의하고 악수를 나누었다.

김대범과 김철호의 역할도 둔촌동에서와 또 달라졌다.

과거에 김철호의 부대는 경비만 신경 썼다. 하지만 앞으로는 치안의 확보까지 노력해야 한다. 본격적인 자경단으로 거듭나게 된 셈이다.

김대범도 병원장에서 도시 건설의 대표자로 옷을 갈아입었다. 아직 식료품이 조금 남아 있는 상황인지라 누구도 반대하지 않았다.

그 자리에서 의사와 간호사 그리고 전직 군인과 그들 모두의 가족으로 구성된 전문직 유랑 모임이 탄생했다.

잠시 후 김철호 단장과 무장한 대원들이 앞장서 출발했다.

그 뒤를 민간인들이 뒤따랐다.

신민아는 걸어가는 간호사들 틈에 섞여 연신 고개를 갸웃거렸다.

강남의 높으신 위원들 중에 낯이 익은 사람이 있었는데, 뭐하는 사람인지 알쏭달쏭했다.

'옛날에 신문이나 TV에서 봤겠지……'

강남의 위원회에 속할 정도면 꽤나 상류층 사람이었을 게다.

신민아는 생각을 접고 뒤처지지 않게 부지런히 걸었다.

신민아는 그 남자가 안도희의 부친일 거라고는 상상도 하지 못했다.

* * *

턱걸이로 강남에 입주가 허가된 백기영은 강남에서 가장 시설이 잘 돼 있다는 한국병원으로 근무지를 배정받았다. 보직은 없다. 그래도 백기영은 불평하지 않았다. 자신보다 더 쟁쟁한 의사들도 거리를 유랑하고 있다. 지금은 받아 준 것만으로도 감사를 해야 할 판이었다.

환자를 살피던 백기영이 긴장된 눈으로 시계를 힐끔 쳐다보았다.

식사 시간이 가까웠다.

강남은 하루 두 차례, 오전 11시와 오후 7시에 단체 배식을 한다. 전에는 세 차례였는데 사정이 나빠져서 한 끼가 줄었단다.

그나마도 빨리 가지 않으면 못 받을 때가 있다. 항상 같은 양을 준비하지만 유동 인구 때문에 조금씩 들쭉날쭉했던 것이다. 그래도 식사량을 못 맞춘다고 불평하는 사람은 없었다. 시민들에 대한 무료 배식만으로도 위원회는 칭송을 받았다.

자신만 해도 처음 무료 배식을 받던 날 행복해서 눈물을 흘렸다.

곧 도시 전체에 은은한 사이렌 소리가 울렸다.

에에에엥~

멀지 않은 과거식으로 표현하면 브런치(brunch)를 알리는 시간이다.

"어서 가 보세요."

환자가 웃으며 손 인사를 했다.

환자에게는 배식이 따로 나오지만 의료진들은 그런 게 없다.

몇 달 전에는 의료진도 병원에서 받아먹었다는데, 지금은 거의 대부분 줄을 서야 한다.

거의 대부분이라고 한 건, "우대자"들은 언제나 예외가 되기 때문이다.

병원의 의료진에도 드물게 "우대자"들이 있었다.

그들은 모두 국가 재건에 지대한 공을 세운 사람들로 저명한 과학자나 의사, 특작부대 요원들과 그들의 직계 가족들이다.

비슷한 시간에 병원 복도로 의사와 간호사들이 우르르 쏟아져

나왔다.

백기영은 피식 웃었다.

생존력이 남다른 사람들은 사이렌이 울리기 전에 줄을 서러 갔다.

하지만 몇 차례 경험해 보면 그렇게까지 하지 않아도 된다는 걸 알 수 있다. 아주 늦지 않는 이상 식사를 못 하게 되는 일은 없었다. 그래서 대부분 의료진들은 같이 모여서 다녔다. 그렇게라도 남들과 차별화된 여유—정말 소박한 여유다—를 부리고 싶었는지도 모른다.

동료 의사들과 잡담을 나누며 걷던 백기영은 복도 중간쯤 되는 위치에서 우뚝 멈춰 섰다.

마치 강물을 거스르는 한 마리 연어처럼, 간호사 한 사람이 사람들과 반대 방향으로 걸어오고 있었다.

흐름에 역류하는 사람인지라 자연히 시선이 갔다.

그런데 아는 얼굴이다.

그것도 하필 보훈병원에서 자기 손으로 내보낸 간호사였다.

'헛! 안도희?'

눈이 마주친 안도희가 당황한 얼굴로 목례를 했다.

백기영은 자기도 모르게 인사를 받았지만 이내 신경이 쓰였다.

안도희가 병원에서 쫓겨난 이유는 그녀의 오빠가 혁명군의 지도자였기 때문이다. 자신은 고발자는 물론 혁명군이라는 오빠의 이름까지도 안다.

'맞아, 안상혁!'

그런데, 오빠 때문에 보훈병원에서 쫓겨난 그녀가 어떻게 여기 있을 수 있단 말인가?

다른 간호사들은 물론 의사들까지 거부당한 선택받은 자들의 땅 강남에!

백기영의 시선을 따라가던 외과의 허명원이 부럽다는 듯 말했다.

"안 수간호사 알아요? 나이도 젊은데 보통이 아닙니다."

"안도희 씨가 수간호사입니까?"

"아는 사이이신가 보네요? 얼마 전에 수간호사로 위에서 내려왔어요. 낙하산, 낙하산."

뒷말은 남을 의식해 백기영에게만 들릴 정도로 작았다.

"놀랍네요."

백기영은 정말 놀랐다.

무슨 수를 썼는지 몰라도 안도희는 수간호사는커녕 강남에도 어울리는 사람이 아니다. 만약 이 사실을 김대범 원장이나 신민아 간호사가 알게 된다면 피를 토할지도 모른다.

"하하, 저 수간호사가 우대자인 걸 알면 쓰러지시겠네요?"

"정말 우대자입니까!"

놀란 백기영의 음성이 조금 컸나 보다. 함께 걷던 주변의 의료진들이 힐끔거렸다.

"뭘 그렇게 놀라세요? 무슨 문제라도 있어요?"

허명원이 은근한 음성으로 물었다.

"좀 심각한 일인데……. 이걸 말해야 되나…… 모르겠네요."

"뭔데요?"

"이따가 식사 후에 따로 말씀드릴게요."

"그럼 그렇게 하세요. 무슨 일인지 정말 궁금하네요."

그러는 동안 백기영 일행과 안도희가 서로를 스쳐 지나갔다.

안도희는 죄라도 지은 사람처럼 안색이 좋지 않았다.

사정을 모르는 허명원까지 안도희에게 무슨 문제가 있다는 것을 알 수 있을 정도다.

허명원은 안도희에게 떳떳하지 않은 비밀이 있다는 것을 눈치챘다.

'그 비밀을 알고 있는 사람이 백기영이라 이거지?'

허명원의 머리가 바쁘게 돌아갔다.

높으신 분들이 병원에 안도희를 꽂아 줬는데, 그녀에게는 몹시도 뒤가 구린 문제가 있다. 그걸 알고 있는 사람이 백기영이다.

사돈인 김이수철이 알면 좋아할 일이다.

그렇지 않아도 사돈은 몇 달 전에 이상한 사람과 얽혔다가 본전
도 못 건지고 깨졌다. 그 뒤 김이수철은 "시민운동은 답이 없다.
위원회에 들어가서 위로부터 개혁해야겠다"며 기회를 엿보고 있
는 중이다. 그러나 10인 위원회는 좀처럼 약점을 보이지 않았다.
이대로라면 김이수철이 위원회에 들어갈 날은 요원하다고 볼 수
있다.

　'안 간호사가 열쇠다.'

　허명원은 백기영을 꼬드겨 안 간호사의 비밀을 알아낼 생각이
었다.

　그 비밀의 가치에 따라 김이수철의 위원회 진입이 빨라질 수도
있다.

　허명원이 사돈을 위해 애쓰는 것은 고위직에 친인척이 있어야
생존에 유리하다는 생각에서다. 이젠 초기 때와 달리 의사라는 지
위로 힘을 쓸 수가 없다. 그건 전입 순위에서 의사 직업군이 한참
뒤로 밀려난 것만 봐도 알 수 있다. 의사가 다 죽고 자기만 살아
있다면 모를까 지금으로서는 희소가치가 너무 떨어졌다.

제10화

———

성전(聖戰)의 시작

그날 저녁 백기영은 허명원에게 안도희에 관해, 순전히 자기가 보고 느낀 점을 말했다.

"허 박사님도 안 간호사가 내 눈 피하는 것 봤죠?"

"예, 확실히 켕기는 게 있는 얼굴이었습니다."

"여기 전입 오기 전에 내가 있던 병원이 둔촌동의 보훈병원 아닙니까? 제가 거기서 외과 과장을 하고 있었거든요. 안도희 씨는 신입 간호사였고요."

"아! 그런 인연이 있었군요."

"그런데 이 안 간호사 평소 행실이 좀 이상했어요. 아시죠? 여자들 남자들 앞에서 좀 그러는 거."

"아하! 밝히는 스타일인가 보죠?"

"하여튼 그때 맹장으로 입원한 조폭의 이인자가 있었는데, 그 사람에게 사정없이 꼬리를 친 겁니다."

"헐, 그래서요?"

"홀랑 넘어간 그 조폭 이인자가 함께 살자고 했죠."

"쯧! 그런 일이……."

그러면서도 허명원은 비밀치고는 많이 약하다고 생각했다.

그 정도 뒷담화 가지고는 쓸 데가 없다.

그때 허명원의 귀가 번쩍 뜨일 이야기가 나왔다.

"문제는 그때 일어난 겁니다. 제가 안 간호사에게 행동 똑바로 하라고 충고도 좀 해 주고 그럴 때…… 마침 병원으로 투서가 들어온 거예요."

"예? 투서요?"

이야기가 갑자기 급진전된다.

허명원의 눈이 반짝였다.

"예, 안 간호사가 우리 병원에 있으면 안 된다는 내용의…… 정확히는 고발장 같은 거였습니다."

"허! 고발씩이나요? 무슨 일이기에?"

허명원이 자세까지 바로하고 덤비자 백기영이 잠시 뜸을 들였다.

"험, 그게 뭐였냐면 말이죠. 이거 말을 해야 하나. 굉장히 심각한 일인데……."

"아이구! 이왕 시작했으니 말씀해 주세요."

"까짓 거 그럴까요?"

백기영이 선심 쓰듯 말을 이었다.

"안도희 간호사의 동창생 중에 신민아라는 간호사가 있었어요. 이 신민아 간호사가 나중에는 우리 병원에서 일을 했지요."

"그런데요?"

"고발을 한 사람이 이 신민아 간호사였는데……. 안도희 간호사의 친오빠가 혁명군 장교라는 걸 알려준 겁니다."

"헉! 혁명군 장교요?"

"예, 그것도 아주 악질적인 고위 장교라고 하더군요."

"저런!"

"우리 병원이 개전 직후에 국군병원으로 운영되고 있었거든요. 그러다가 아시다시피 핵폭탄 떨어진 뒤로…… 그냥 일반 병원으로 돌아섰지만 말입니다. 그래도 전통이 있는 국가병원이었는데, 고위 혁명군의 가족과 함께 일할 수는 없지 않겠습니까?"

"당연하죠."

"그래서 제가 직접 만나서 이야기를 확인한 뒤에…… 바로 내보냈습니다. 중인까지 있다는 걸 알게 되자, 모두 사실이라고 하더군요."

"아! 그런 일이……."

허명원이 놀랍다는 듯 탄식을 터뜨렸다.

"그게 한 달하고도 대충 보름쯤 전에 일어난 일인데…… 저는 여기서 그 안 간호사를 다시 만나게 될 줄은 몰랐습니다. 그것도 수간호사에, 우대자라니! 이야! 정말 귀신이 곡할 노릇 아닙니까?"

"말씀을 듣고 보니 저도 정말 궁금해집니다. 대체 어떻게 된 일일까요?"

"그래도 양심은 있는지 아까 저를 만나자 슬슬 피하기는 하더군요. 아니, 병원의 그 많은 애국자들도 다 전입거부 당하고 저만 겨우 들어왔는데…… 안 간호사는 대체 어떻게 여기에 올 수 있었던 겁니까? 그것도 수간호사에 우대자 대우까지 받으면서 말입니다."

"허어! 백 박사님 말씀을 들으니까, 미스터리 영화를 한편 본 것처럼 가슴이 막 떨립니다."

"이거 정말 누가 영화로 만들어도 되겠죠?"

"제 사돈이 발이 좀 넓습니다. 그분에게 뒷조사를 좀 부탁드려 보고 싶군요. 그래도 되겠습니까?"

백기영이 고개를 갸웃거렸다.

"그걸 왜 제게 묻습니까? 저도 궁금하니 꼭 좀 부탁드려 보세요."

"알겠습니다. 그럼 제가 책임지고 그 일을 밝혀 보겠습니다."

허명원이 주먹을 불끈 쥐어 보였다.

백기영에게 물은 건 혹시라도 나중에 백기영이 불려 다닐 수 있기 때문이다. 백기영은 자기가 이 일에 깊게 관여되었다는 걸 모르는 것 같았지만 말이다.

＊　　　＊　　　＊

강남의 거주 지구에 있는 최고급 아파트 아이피크.

아이피크가 최고급으로 불리는 건 평수가 제법 넓고, 파손도 상대적으로 덜된 아파트라서 그렇다.

그 아이피크 아파트 2층의 거실에 5명의 남녀가 모였다. 가족회의 중인 안영섭 일가다. 본래 안상혁이 돌아와 4인 가족이지만, 특별히 최백호도 가족의 일원으로 함께하고 있었다. 안도희가 최백호와 사귀는 사이도 아니었지만 안영섭이 불러낸 탓이다.

"뭐라고? 백기영 과장이 거기에 있더라고?"

안영섭의 음성이 높아졌다.

재수가 없어도 이렇게 없을 수 있을까?

하고 많은 의사 중에 하필 딸내미를 쫓아낸 사람이 그 병원으로 오다니!

"그래서, 백기영 과장이 뭐라디?"

"말할 틈도 없었어요. 그냥 복도에서 잠깐 스치고 지나가서."

"허! 그것참! 큰일이로구나."

말을 하면서 안영섭은 의도적으로 안상혁을 바라보았다.

그제야 안상혁이 궁금한 듯 물었다.

"아버지, 그 사람이 누군데 그래요?"

"그게 누구냐면……."

안영섭은 잠시 망설였다.

가족들 사이에 안상혁의 외도는 금기 중에 금기였다. 안상혁 본인도 그렇고 누구 한 사람 혁명군이라는 단어를 입에 올리지 않았다. 그게 안상혁을 위해서인지, 안씨 일가의 안위를 위해서인지는 분명치 않지만, 지금까지 가족들의 분위기는 그랬다.

하지만 지금은 그 금기를 말하지 않을 수 없었다.

덧붙여 이 기회에 안영섭은 혁명군 출신인 안상혁이 무슨 수로 강남에 자리를 잡을 수 있었는지 알아내야겠다고 생각했다.

"도희가 보훈병원에 잠시 고용되어 일한 적이 있는데, 그 병원의 외과 과장이다. 너 혹시 신민아 기억나냐?"

"도희 친구라던 여우같이 생긴 아가씨요?"

"그래, 그 신민아가 도희가 일하던 병원에 고발을 했다. 도희

오빠가 혁명군 장교라고. 그래서 백기영 과장이 도희를 잘랐지. 그 사람이 지금 도희가 일하는 병원에 또 오게 된 모양이다. 오늘 복도에서 만났단다. 악연도 이런 악연이 없는 셈이지."

"그랬군요."

안상혁은 아무렇지도 않은 얼굴로 고개를 끄덕였다.

"그게 전부냐?"

안영섭은 약간 화가 난 것 같았다.

"예?"

"너도 이제 집에 다시 돌아왔으면 가족들에게 해가 될 일은 하지 말아야지. 안 그러냐?"

"당연하지요."

"너 때문에 쫓겨난 도희다. 그런데 그 사람이 도희 병원에 또 왔단다. 언제 다시 쫓겨나도 이상할 게 없는 상황이라는 소리지."

"아버지, 도희에게 제발 있어 달라고 애원하면 했지, 나가라고 할 사람은 없을 겁니다."

"하아!"

안영섭의 입에서 장탄식이 흘러나왔다.

"도희를 생각하는 네 마음은 알겠다. 하지만 한 달 보름쯤 전에도 네 문제로 도희가 쫓겨났었다. 우리 마음과 세상의 현실은…… 다르다."

마음과 현실이 다르다는 말에 안상혁은 고개를 끄덕였다.

아들이 한풀 꺾인 모습을 보이자 안영섭이 물었다.

"재건정부를 위해 무슨 일을 해준 게냐? 너 때문에 다른 병원에서 쫓겨났지만, 여기서는 좋은 대우를 받고 있다는 걸 우리도 어렴풋이 느끼고 있다."

"지금까지 정부를 위해 한 일은 없습니다. 앞으로도 없을 거고요."

"그런데 왜 그 사람들이 우리 가족에게 특혜를 베풀어 주는 거냐?"

"아버지와 가족들이 강남에 정착하기를 바라서 그러는 겁니다."

"그러니까 그 사람들이 왜 아무것도 없는 우리에게 그러냐고? 오늘도 의료진들 수십 명이 강남에 왔지만, 전입 허가를 받지 못해 초소에서 돌아갔다. 그런데 우리 가족은 특혜도 이런 특혜가 없다. 결론적으로 내가 알고 싶은 건…… 우리가 안심하고 여기서 살아도 되는가 하는 점이다."

안정섭은 속으로 '너를 믿어도 되냐?' 묻고 싶었지만 차마 말하지 못했다. 그 물음에 안상혁이 어떤 반응을 보일지 자신이 없어서다.

"아버지, 우리는 여기를 떠나야 합니다."

……

무거운 침묵이 거실을 눌렀다.

"너! 이놈! 그게 대체 무슨 소리야! 우리가 강남을 떠나야 한다니! 그게 몇 년 만에 나타나서 할 소리냐! 그따위 소리 하려고 우리 앞에 나타났느냐고!"

마침내 안영섭이 고함을 내질렀다.

윤정희가 주먹이라도 휘두를 기세인 안영섭을 안았다.

"여보! 여보! 참아요. 무슨 일인지는 알고 화를 내야죠. 제발, 성질 좀 죽여요."

"아! 놔! 좀 놔 봐! 내가 오늘 저놈 죽이고 나도 콱 죽어 버릴 거야! 하나밖에 없는 아들놈 뒷바라지해서 겨우 의사 만들어 놨더니! 병원 내팽개치고 나가서 사람 죽이는 일이나 하고! 그거로도 모자라서 동생과 가족들 앞길 다 끊어 놓더니! 다시 뻔뻔하게 대가리 디밀고 나타나서 하는 말이 뭐? 강남에서 나가라고? 못 나가! 안 나가! 너나 나가 이놈아! 우리는 여기서 천 년 만 년 살 거야! 그따위 시답지 않은 소리 하려면 당장 이 집에서 나가!"

"아빠, 좀 진정하세요. 오빠 말 좀 더 들어 보자고요. 그리고 오빠가 사고 쳤으면 여기서 살고 싶어도 못 살아요. 아시잖아요."

안도희까지 나서자 안영섭은 겨우 엉덩이를 바닥에 붙였다.

그래도 분이 풀리지 않는지 씩씩거렸다.

안도희가 부친을 대신해서 물었다.

"오빠, 강남에서 나가야 한다는 건 무슨 소리예요? 오빠 때문에 고향에서도 떠나고, 이리저리 휘둘려 살아온 가족들 생각해서…… 속 시원히 말해 줘요. 쫓겨날 때 쫓겨나더라도 마음의 준비는 해야 되잖아요."

"하아! 쫓겨나는 게 아니라 우리가 나가는 거다."

"그러니까 왜 나가야 되냐고요? 오빠, 강남 밖의 세상이 어떤지 잘 알잖아요. 여기서 나가면 살아남기 어려워요. 알 만한 사람이 왜 자꾸 답답하게 그런 소리를 해요?"

"얼마 전에 나와 내 의형이 새로운 정착지를 찾았다. 식량도 풍부하고, 농작물도 재배할 예정이야. 우리는 그곳으로 가야 한다."

"……."

안도희가 믿을 수 없다는 표정으로 안상혁을 바라보았다.

식량이 풍부하고 농작물까지 재배할 수 있다고?

그런 곳은 없다.

아니, 있기는 하다.

이상향(理想鄕)이 그런 곳이다.

"오빠, 그런 곳은 없어."

"있다. 나를 믿어라."

순간 안영섭이 빽 소리를 질렀다.

"믿을 소리를 해야 믿지! 그 소리 지긋지긋하게 들었다. 혁명한다고 난리칠 때 뭐랬냐? 너를 믿어 달라며? 그러더니 결국 인간 백정이 돼서 나타났잖아! 아직도 정신 못 차리고 그러고 다니냐? 이놈아! 네가 그러고도 사람이냐! 넌 사람도 아냐! 사람 새끼라면 그렇게 못 한다고!"

안상혁이 자리에서 벌떡 일어섰다.

윤정희가 놀란 얼굴로 안영섭을 떠밀었다.

"여보! 제발 그만 하고 쟤 좀 말려요! 또 나가려나 봐요!"

"나가라고 그래! 저건 자식이 아니라 원수야! 원수! 나가! 왜 못 나가! 어서 나가 인마! 너 잘 나가잖아! 나가라고!"

안영섭은 목이 쉬도록 소리쳤다. 말과는 달리 안영섭의 눈에 습기가 차올랐다. 어떻게 만난 아들인데, 다시 헤어질 걸 생각하니 가슴이 먹먹했다.

그런데 자리에서 일어난 안상혁이 돌연 안영섭에게 큰절을 올렸다.

…….

안씨 일가는 물론 최백호까지 멍한 표정으로 바라보기만 했다.

큰절을 마친 안상혁이 묵직한 음성으로 말했다.

"아버지, 제가 그동안 부모님과 가족들에게 죄를 지었습니다. 모두 용서해 주십시오. 한때는 혁명으로 세상을 바꾸겠다고, 바꿀 수 있다고 믿은 적도 있습니다. 하지만 그건 저의 오만에서 비롯

된 착각이었습니다. 의형님을 만나서 함께 생활하는 동안…… 제가 얼마나 삐뚤어진 놈인지 알 수 있었습니다. 제가 목숨처럼 존경하는 의형님은 정착지를 지키고 계십니다. 저와 의동생은 가족들을 찾아 데려가기 위해 함께 그곳을 나온 거고요."

"……."

안상혁의 진심 어린 사과에 안영섭은 들끓는 기분을 가라앉혔다. 그리고 새삼스러운 눈길로 아들을 바라보았다.

저 모든 게 거짓이라고 해도 믿고 싶었다.

"아버지, 저에게 기회를 주십시오. 그동안 하지 못한…… 소중한 가족을 돌볼 수 있게…… 해 주십시오."

"……."

묵묵히 이야기를 듣고 있던 안영섭이 입을 열었다.

"그곳이 어디냐?"

"이천을 지나면 있습니다."

"먼 길은 아니구나."

"예."

"언제 떠날 생각이냐?"

"명석이 체력이 회복되는 대로 갔으면 합니다."

"그 총 맞았다는 이가 동생이냐?"

"예."

"나와 네 어미는 살 만큼 살아서…… 어디로 가든 미련도 후회도 없다. 하지만 도희는 달라. 이제 인생을 꽃피울 나이다."

"예."

"그곳이 도희에게도 최선이라고 생각하냐?"

"예."

안영섭이 딸에게 시선을 돌렸다.

"도희야, 나와 네 어미는 오빠를 믿어 볼 생각이다. 하지만 너에게 강요를 하고 싶지는 않다. 너는 지금까지 오빠를 대신해 가족들을 건사한다고 고생만 했으니까…… 너만은 네 뜻대로 해라."

"……."

안도희는 잠시 머뭇거렸다.

오빠를 믿고 싶지만, 너무 황당한 이야기인지라 선뜻 함께 가겠다는 말도 나오지 않았다.

그렇다고 이제 와 가족들과 떨어져 살 수도 없는 노릇.

안도희가 갑작스러운 물음에 망설이고 있을 때, 최백호가 불쑥 나섰다.

"아버님! 도희 씨와 저는 무조건 형님을 따라 가겠습니다. 어디로 가든 다 함께 가면 고생도 덜할 겁니다. 게다가 강남도 점점 후달리고 있다고 하더라고요. 제 느낌이지만, 여기는 둔촌동과 비슷한 것 같습니다. 지금은 꿀 빨고 있지만, 언제고 시마이 할 게 뻔합니다. 에, 또……."

뭔가 계속 말하려는 최백호의 팔을 안도희가 붙잡았다. 최백호의 상스러운 표현에 안영섭이 눈살을 찌푸렸기 때문이다.

"아빠, 저도 함께 갈게요. 솔직히 오빠가 말한 곳에 대한 확신은 없지만…… 가족들과 떨어져 살고 싶지는 않아요. 죽어도 함께 죽는 게 낫죠."

"그래, 내 생각도 그렇다. 죽어도 함께 죽는 게 백번 낫다."

안영섭이 고개를 끄덕였다.

몇 년 만의 가족회의는 그렇게 끝이 났다.

          *   *   *

야권시민연대의 대표인 김이수철과 허명원이 오랜만에 자리를 같이 했다. 근 반 년 만에 갖는 모임이다. 그래서 그런지 김이수철과 허명원은 반가우면서도 조금은 서먹한 표정이었다. 커피도 없고 술도 없는 자리인지라 삭막해 보이기까지 했다.

둘 사이에 놓인 일그러진 페인트 통이 더 그런 분위기를 연출했는지 모른다.

두 사람은 한동안 페인트 통에서 타오르는 불길에 손을 녹였다.

그러다 딸을 가진 게 죄라고 김이수철이 먼저 운을 뗐다.

"사돈어른, 여전히 건강해 보이십니다."

"하하! 감사합니다. 사돈께서도 좋아 보이십니다."

"그런가요? 감사합니다. 그런데 병원 일로 바쁘실 텐데 어쩐 일로?"

먼저 만나자고 연락을 한 게 허명원인지라 김이수철의 입장에서는 궁금하지 않을 수 없었다.

"병원 일은 그렇게 많지 않습니다."

"아!"

뭔가 알았다는 듯 김이수철이 고개를 끄덕였다.

그러고 보니 의료진이 많아 전입자 순위에서 빼네 마네 하는 소리를 들은 것 같다.

"지난번에는 악추모 일로 고생 좀 하셨다지요?"

악추모는 "악마 추방 모임"의 준말로 강유진 때문에 생긴 시민 모임이다.

그 일로 우대권을 얻어 보려던 김이수철은 늘그막에 조인트까지 까이고, 그 뒤로도 한동안 구설수에 시달렸었다.

김이수철은 생각하기도 싫다는 듯 고개를 설레설레 저었다.

"어휴! 말도 마십시오. 군사독재의 포악함을 제대로 겪었습니다. 폭행하고, 언론을 통제하고…… 한동안 모임도 자유롭게 갖지 못했습니다."

"그래서 기득권에 편입해야겠다고 천명하셨다는 말은 전해 들었습니다."

"예, 힘이 없는 이상은 그냥 개소리에 불과하다는 걸 깨달았지요."

"맞는 말씀이십니다. 그런데 기득권을 가진 사람들이 자리를 쉽게 내주지 않지요?"

"이르다 뿐입니까? 온갖 유언비어로 저를 매장하려고 난리입니다. 제가 '우대권'을 얻기 위해 악추모를 이용했다는 소리까지 들었습니다."

실제로 김이수철은 위원회에게 악추모를 해산하는 대가로 "우대권"을 요구한 적이 있다. 하지만 김이수철은 그걸 얻기 위해 악추모를 이용했다고 생각하지 않았다. 그에게 '우대권'은 사회 지도층에게 부수적으로 따라와야 하는 당연한 권리 중 하나일 뿐이었다.

"옛날부터 기득권자들이 사용하던 방법입니다. 치고 올라오는 신진 세력에게 도덕적인 흠집을 내는 거지요."

"예, 알고는 있지만 대응할 방법이 없어서 답답하기만 합니다."

허명원이 은근한 어조로 말했다.

"그래서 말씀인데, 최근에 제가 이상한 소리를 들었습니다. 사돈께서 관심을 가지실 만한 거라고 생각해서 뵙자고 했습니다."

"어떤?"

조금이라도 더 잘 들으려는 듯 김이수철이 상체를 앞으로 바싹 기울였다.

허명원은 동료 외과의 백기영에게 들은 이야기를 가감 없이 전했다. 그래야 김이수철이 확실한 대응책을 세울 수 있겠다고 생각해서다.

"그게 사실입니까?"

김이수철은 반신반의(半信半疑)의 표정이었다.

자신은 지금까지 그런 일이 있었는지도 몰랐다.

아마 다른 지도층도 마찬가지일 것이다.

일개 간호사의 가족을 최고 아파트에 입주시키고, 우대자 혜택까지 주었다?

게다가 그 간호사의 친오빠가 혁명군 장교?

그 정도의 이슈면 자신이 모를 리가 없다.

"사실이고 말고요. 백기영 박사에게 직접 들은 이야기입니다. 복도에서 백기영 박사와 안 간호사가 마주친 적이 있는데…… 안 간호사가 크게 당황해 자리를 피하더군요."

"오호!"

"그런데 왜 위원회에서 그 가족을 받아들이고, 우대권까지 주었

는지는 모르겠습니다. 그 부분을 좀 파고 들어가다 보면…… 뭐라
도 얻어지지 않겠습니까?"

"얻어지다 뿐입니까? 그 정도면 쿠데타가 일어나도 할 말 없는
겁니다. 혁명군 장교의 가족을 받아들이고, 최고 특권까지 안겨
주는 위원회라니…… 그건 누가 봐도 반민족적인 행동입니다. 목
적이 무엇이든 그렇게 해서는 안 되는 거지요."

"돌다리도 두드려 보고 가라고 했으니 직접 백기영 박사를 만나
보십시오."

"그래야지요. 그나저나 오늘 사돈어른께서 제게 큰 선물을 주셨
습니다. 이거 무엇으로 보답을 해야 할지……."

"하하! 보답이라니요? 당치도 않습니다. 정히 신경이 쓰이시면
나중에 우대권이라도 챙겨 주십시오."

허명원이 바라는 바도 김이수철과 크게 다르지 않았다.

우대권의 확보.

그것은 강남에서 힘 좀 쓴다고 하는 사람들의 최고 소망이기도
했다.

*   *   *

지혜의 전승에 의하면 서울은 최후의 성전(聖戰)이 벌어져야 할

곳이다.

최후라는 말이 시사하는 바는 크다. 그것은 서울을 마지막 점령 목표로 삼아야 한다는 뜻이다. 다시 말해 신인류는 세계를 모두 점령한 뒤에야 서울로 나갈 수 있는 것이다.

그것은 지고(至高)의 선구자(先驅者) 칸 락이 후손들에게 요구한 두 가지 절대강령(絕代綱領)중 하나였다.

세계불멸협회의 회장이 부산항에 첫발을 내디뎠다.

한국에 진출해 있던 특별 분과 위원회의 임원들이 모두 부산항으로 모여 환영 행사를 벌였다.

환영 행사 말미에 회장이 유창한 한국어로 선포했다.

"형제, 자매 여러분! 때가 찼습니다! 세계의 주요 도시에 우리 협회의 지부가 건설되었습니다. 이제 칸 락께서 세우신 절대강령 대로, 서울을 점령할 때입니다! 서울로 진군하십시오! 그리고 점령하십시오! 칸 락의 축복을 전하고! 최후의 성전에서 승리합시다! 승리는 이미 우리의 것입니다!"

"와아!"

"칸 락! 칸 락!"

각지에서 모여든 신인류의 환호를 뒤로하고 회장은 모처로 이동했다.

부산에서 가장 경미한 피해를 받은 곳은 보수산에 위치한 시립 중앙도서관이다.

4층 모서리가 포탄에 비껴 맞았는지 구멍이 뻥 뚫려 있었는데, 미관상 보기 흉한 걸 빼면 건물 전체는 그런대로 쓸 만했다.

3층의 자료실에 부산항에서 모습을 보였던 세계불멸협회 수뇌부들이 모여 있었다.

그들의 앞에 회장이 앉아 있는데, 어쩐지 불만이 가득해 보였다.

회장의 심기가 불편한 이유는 곧 알려졌다.

"이 씨발 새끼들! 숨겨도 소용없어. 경기도에 절대강령을 어긴 개새끼가 있다면서?"

"……."

회장의 말에 임원들은 눈을 내리깔았다.

"누가 설명할 거야?"

특별 분과 위원회의 위원장인 클라우드가 조심스럽게 일어섰다.

"놈의 이름은 양동원이며, 나이는 스물여덟이고, 그저 신인류에 불과한 미천한 놈입니다. 처음 놈에게 희생된 인물은 이세찬이라고…… 역시 미천한 인간입니다. 정황을 보면 놈은 우연히 이세찬의 피를 흡혈하게 된 것 같습니다. 그런데 어찌 된 일인지 놈은 죽지 않았습니다."

클라우드는 슬쩍 회장의 눈치를 살폈다.

그러나 회장의 얼굴에는 아무런 감정이 담겨 있지 않았다.

"그날 이후로 하루에 한 사람씩…… 규칙적으로 희생되었습니다. 이유는 모르겠지만, 놈은 다른 인간의 피는 아예 입에 대지도 않는 것 같습니다."

"너, 왜 그 새끼가 다른 인간의 피를 먹지 않는다고 생각해?"

"그건 흡혈의 주기로 볼 때…… 굳이 다른 인간의 피를 필요로 하지 않기 때문입니다."

회장이 손가락을 까딱였다.

"계속해."

"놈이 신인류의 피를 흡혈하기 시작한 지 두 달이며…… 지금까지 공식적으로 육십 명이 희생되었습니다."

"공식적이라는 건 무슨 개소리야?"

"그게…… 약 한 달쯤 전부터 실종된 신인류의 숫자가 조금씩 불어나고 있어서…… 놈과의 관계를 조사하고 있는 중입니다."

"그럼 비공식적으로 사라진 인원까지 전부 포함하면 몇이야?"

"팔십 명이 넘습니다."

"이런 씨발, 왜 그런 일이 벌어졌다고 생각하냐?"

잠시 망설이던 클라우드가 조심스럽게 입을 열었다.

"모방하고 있는 자가 생긴 것 같습니다."

"그게 끝이야?"

"예."

회장이 차가운 음성으로 중얼거렸다.

"병신 같은 새끼들……."

…….

자료실에 모인 십여 명의 임원들은 입도 뻥끗하지 못했다.

"관리자들 외에 진혈의 축복을 받은 새끼가 몇이야?"

"다섯입니다."

"씨발, 순혈은?"

"대략 칠백 명 정도로 알고 있습니다."

"모두 투입해서 그 씨발 새끼들을 잡아! 성전을 벌이기 전에 악의 씨앗을 제거해야 한다고! 알아들어?"

"예! 알겠습니다."

돌연 회장이 책상을 엎었다.

"뭐해 새끼들아! 당장 가서 잡지 않고! 타락한 그 개새끼들을 찾으란 말이다! 갈아 먹어 버려! 아니, 입은 대지 말고, 그냥 죽여!"

우당탕 쿵쾅.

자료실에 앉아 있던 신인류들이 일제히 일어섰다.

신인류들은 회장에게 꾸뻑 인사를 한 뒤에 바람처럼 자료실을 빠져나갔다.

회장이 혼자 남은 클라우드를 조용히 불렀다.

"클라우드."

"예, 회장님."

"서울로 진격하라는 말 들었지?"

"예."

"너희가 따로 해줘야 할 일이 있다. 아주 많이 위험한 일이야."

"말씀만 하십시오."

클라우드가 허리를 깊게 숙였다.

너희라고 했으니 특별 분과 위원을 의미하는 것이리라.

"서울에 가서 한 남자를 찾아라. 그의 이름은 강유진."

"강유진……."

클라우드가 외우려는 듯 나직이 읊조렸다.

"그자와는 반드시 1킬로미터 이상의 거리를 둬. 알겠냐?"

"그 정도로 위험한 자입니까?"

"위험하냐고? 흐흐흐……."

회장의 입에서 음험한 웃음이 흘러나왔다.

"가까이 가지 마라. 위험하다고 느낄 틈도 없이 죽을 게다."

놀란 클라우드는 저도 모르게 고개를 들어 회장을 바라보았다.

그런데 농담을 하는 얼굴이 아니다.

회장은 분노와 갈망이 뒤섞인 기괴한 표정이었다.

"그자의 혈육을 찾아라. 그리고 죽여라. 남자, 여자, 늙은이, 애 가릴 것 없다. 강유진과 혈연으로 맺어진 모든 사람을 도살해라."

"예? 예……."

가까이 가지 말라고 했으면서, 그의 혈육을 죽이란다.

다소 기이한 명령이었지만 클라우드는 그렇게 하겠다고 답했다.

광기에 휩싸인 것처럼 보였지만, 저 회장이야말로 위대한 칸 락으로부터 최초의 모든 것을 전해 받은 선지자 중의 선지자인 까닭이다.

그가 명령할 때는 반드시 타당한 이유가 있었다.

이번에도 역시 그럴 것이다.

그러면서도 한편으로는 불안했다.

누가 봐도, 회장의 명령은 이전과 달리 비이성적이다.

단지 파괴 본능에 사로잡힌 것 같기도 하다.

1킬로미터 이상 떨어지라고 했다.

그렇게나 위험한 존재가 신인류에게 혈육을 잃는다면?

멸종의 위기가 올 수도…….

'아니, 지나친 염려다.'

클라우드는 애써 불길한 생각을 떨쳐냈다.

"클라우드, 서둘러라. 신인류의 진격이 시작됐다."

"예."

마지막까지 남아 있던 클라우드가 떠나자 자료실은 이내 적막해졌다.

텅 빈 자료실에서 회장이 저 혼자 묻고 답했다.

"괜히 서두른 건 아닌가?"

"아니, 빠르지 않아. 흡혈귀를 먹는 흡혈귀가 나타났으니까……계획도 조금 앞당기는 게 당연하지……."

"그래, 그런데 이번에는 끝을 볼 수 있을까?"

"보고 싶다……."

회장이 허허로운 눈빛으로 창밖을 응시했다.

마침내 달리기가 시작됐다.

최종 승자가 인간이 될지 흡혈귀가 될지는 아무도 모른다.

사실 관심도 없다. 그러나 누가 승자가 되든지 간에 한 가지 확실한 건 있다. 이제 강유진도 피눈물을 흘리게 될 것이다. 그 일로 흡혈귀들이 강유진의 분노를 사서 멸종당하게 될 수도 있다.

"뭐 어차피 도구에 불과한 잡종들이니까……."

흡혈귀는 자신의.

강유진은 엘의.

엘은…….

'혹시 엘도 누군가의 도구는 아니었을까?'

거기까지 생각하던 회장은 피식 웃고 말았다.

상관없다. 다 같이 죽을 테니까.

문득 청산별곡의 한 구절이 떠오른다.

울어라 울어라 새여.

자고 일어나 울어라 새여.

너보다 시름 많은 나도

자고 일어나 우노라.

"크ㅎㅎㅎ……."

귀곡성(鬼哭聲) 같은 웃음이 도서관에 울려 퍼졌다.

〈다음 권에 계속〉